人文诗散丛书

刘立云◎著

化蝶化成一只飞蛾

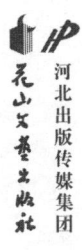

河北出版传媒集团
花山文艺出版社
河北·石家庄

图书在版编目（CIP）数据

化蝶化成一只飞蛾 / 刘立云著. -- 石家庄：花山文艺出版社，2023.12
（"诗人散文"丛书 / 霍俊明，商震，郝建国主编）
ISBN 978-7-5511-6450-4

Ⅰ．①化… Ⅱ．①刘… Ⅲ．①叙事散文－中国－当代 Ⅳ．①I267

中国国家版本馆CIP数据核字(2023)第017809号

丛 书 名：	"诗人散文"丛书
主　　编：	霍俊明　商　震　郝建国
书　　名：	化蝶化成一只飞蛾
	Hua Die Hua Cheng Yi Zhi Fei'e
著　　者：	刘立云
责任编辑：	于怀新
责任校对：	杨丽英
封面设计：	王爱芹
内文制作：	保定市万方数据处理有限公司
出版发行：	花山文艺出版社（邮政编码：050061）
	（河北省石家庄市友谊北大街330号）
销售热线：	0311-88643299 / 96 / 17
印　　刷：	河北新华第一印刷有限责任公司
经　　销：	新华书店
开　　本：	880毫米×1230毫米　1 / 32
印　　张：	8.375
字　　数：	175千字
版　　次：	2023年12月第1版
	2023年12月第1次印刷
书　　号：	ISBN 978-7-5511-6450-4
定　　价：	55.00元

（版权所有　翻印必究·印装有误　负责调换）

目 录
CONTENTS

2009 年的第一场雪 / 001
南昌会合 / 004
父亲是个农民 / 008
小小宁冈县 / 016
在一张纸上虚构雷鸣 / 019
年满十六岁 / 026
农业粮，商品粮 / 029
丢了一只鞋 / 035
此情可待成追忆 / 044
县中宣传队 / 054
走进暴风雨 / 062
说服力 / 067
父亲，不哭…… / 072
上海女知青 / 076
小河淌水 / 084

在一根竹子上挖掘战壕 / 089
我本将心向明月 / 095
童莉（一） / 099
童莉（二） / 103
童莉（三） / 107
入伍通知书 / 114
高傲之心 / 120
"火车！火车……" / 126
生命中第一班岗 / 134
钟长鸣 / 140
连长发火了 / 147
在梅岭 / 152
政委的女儿 / 155
第一次高考 / 164
第二次高考 / 170
准岳母 / 176
跟父亲彻夜长谈 / 183
次生林 / 188
杭州楼外楼 / 191

长途班车 / 196

山上一棵树 / 202

阿尔茨海默病 / 208

孝子贤孙 / 216

父亲在弥留之际 / 221

痛心疾首 / 228

三十八年尘与土 / 234

命留不住，神也留不住 / 241

老同学 / 246

穿过田野到墓地 / 250

一颗土豆的命运 / 255

大地不负春光 / 257

2009年的第一场雪

深夜，大雪苍茫。我开车送妻子和儿子进入北京平安大道我工作的那家军队出版社。大弟的电话就在这时打了进来。我踩一脚刹车问有什么事。大弟说，哥，父亲出事了，你们在外面的几个兄弟快回来。我说出了多大的事？他说天快亮的时候，父亲起来上厕所，撑在弹簧床边的手不慎一滑，从床上摔到床下。母亲请人把他弄回床上，当时还能说话，但快到中午时病情恶化，立刻送县医院。一拍片，医生说颅内大出血，救不回来了。我说知道了，北京下大雪，我正在开车，到站后马上回电话。

我开着的车拖着两道深深的辙印，停在单位后院被积雪覆盖的停车场。此时大地寂静，在刺穿黑夜的远光灯中，我看见雪中的世界像一幅巨大的卡通画，所有的车覆盖着厚厚的蓬蓬松松的雪，如同一条条正在做梦的胖头鱼。学医出身的妻子没下车，探过身子拍拍我的肩膀说，我听见了，是你家里的电话，你父亲怎么啦？脑出血？我说好像是，最怕的事终于发生了。说完，我推开车门，拎起东西送他们上楼。我们出版社是北京常见的那种军队大院，门口有士兵站岗，院子里宽阔而幽静，附近的中小学都是名校。儿子在出门往右走五分钟就能到达的黄城根小学读四年级。因为前些年建了经济小区，资历老一点儿的同事都搬走了，社里把营区空出来的房子租给有孩子在附近中小学读书的人，权当学区房。我是租户之一。从此每个星期五回经适房"大家"过周末，星期天晚上返回学区房"小家"。由于大家和小家都在军队院子里，因此星期天回小家的时候，妻子和孩子不慌不忙，非要拖到十点多洗漱好，有了倦意，才带着一周的吃穿用品姗姗上路，赶到小家去睡觉。

  听完电话，我脑子里一片空白。当兵快四十年了，从当年每个月一封信，到现在有了手机，分分钟可以通电话，家里和我这边从来都是报喜不报忧，谁病了或者遇到什么不好的事，都有意隐瞒，不告诉对方。大弟半夜里来电话，说父亲从床上摔下来，我立刻蒙了，知道大事不好，突然有些不知所措。电话打回去，大弟说他们已经把父亲弄回家了。我再一惊，叮嘱他不要再说父亲的病了，让我们即便回家，在路上也有个盼头。然后说，这样吧，在石家庄工作的二弟和在宁波工作的三弟，由我来通知。明天别说下雪，就是下刀子，下火焰，我也和同在北方的二弟以最快速度往家里赶。在宁波的三弟视我们的时间点买票，三个人力争在南昌会合；在广东省委党校读研究生而留在当地的四弟，前段时间听说在广东的几个城市来回奔波，只能让他自己回了。大弟说懂了，买好飞机票或火车票打电话告诉他。又说，四弟前些天就回家了，正跟他们一起照料父亲。

我知道这一天迟早会到来，只是期待它来得晚一些，再晚一些。同时我也知道，这一天的到来，是那么合情合理，那么顺理成章，尤其对我这个生活在偏僻老区的患病父亲来说，更是这样。没想到这一天来得这么快、这么急、这么突然，情节如同那些落入俗套的电视连续剧。

这是 2010 年 1 月 4 日。星期日，元旦小长假的最后一天。我记得很清楚，因为每个节假日的最后一个晚上，我都要把妻子和儿子送回租住的学区房，以便第二天一早儿子上学。事后，我写下了追记那个夜晚的《第一场雪》：

听到父亲出事那个夜晚／北京大雪纷飞／我正把车开进停车场／车停下，眼前一片白茫茫／我突然感到走投无路，像一个弃儿／／这是那年北京下的第一场雪／像下疯了一样／白茫茫一片／说不出为什么，从此我把／每年下的第一场雪／都认作父亲捎来的书信／／你知道我父亲是一个农民，他大字不识／从未把他对儿女的呼唤，诉诸文字。

南 昌 会 合

第三天，1月6日清晨，料峭寒风中，我们在省电视台附近的一个粥棚会合了。我们是：我、在石家庄建设银行工作的二弟立华和在宁波鄞州日报社工作的三弟立中——我们在不同年代，通过不同途径从故乡"突围"的三个亲兄弟。

1月5日大半天加一夜，我和二弟立华乘特快列车从北京直奔南昌。

石家庄离北京近，我在询问到航班的确切信息后，让二弟1月5日上午从石家庄火速赶到北京，下午一起飞井冈山。当时我想，父亲命悬一线，医院肯定觉得无力回天，才会告诉亲属准备后事，把儿女们都召回去见最后一面。如果不出意外，我们1月5日天黑前就能回到县里，父亲需要等我们约三十个小时。我想到过去交通不便时遇上老人病危，老家人说，只要老人的心里还有愿望放不下，这种愿望主要是儿女在远方赶不回来，是不会咽气的。我希望父亲也能坚持住，等待在外地工作的三个儿子赶回去。前提是，必须给垂危老人喂人参汤，吊住一口气。而这些我们早做了准备，家里不缺人参。

俗话说儿女情长，人伦中父母与儿女的情感，是最紧密最真挚和最不可替代的。父子父女一场，或母子母女一场，离世时能守在床前给他们送终，为他们或志得意满或苦难的一生，如同仪式般举行告别，是一种功德圆满。

但意外还是发生了，我说的是交通意外：1月5日上午二弟还在开往北京的列车上，民航购票处打来电话，说雪下得太大了，所有航班停飞。我迅速决定改乘从北京至南昌的火车，请南昌的一个朋友帮我准备一辆车，在我三兄弟先后赶到南昌后，送我们回宁冈。1月4日晚上下的那场大雪，纷纷扬扬，一直下到1月5日上午，还没有停下来的意思。谢天谢地，飞机虽然停飞，但火车照开不误。我当即订了北京至南昌的特快车次。先打电话让二弟直接去北京车站等我，再打电话叮嘱在宁波鄞州日报社当编辑兼记者的三弟，购买与我们差不多时间到达南昌的车票。这样，我们分别坐一夜火车，于6日早晨在南昌会合，再坐上朋友为我们准备的车，6日中午就能到家。

火车正点到达南昌，朋友在站台迎接，带我们出站。三兄弟跟着她默默地走，都不说话，尤其不提父亲的事，因为谁都能想到等待我们的是什么。

粥棚在一个V字形路口，是用一大块红白蓝相间的蛇皮塑料布撑起来的。北方正大雪纷飞，南昌虽然没有雪，但北风凛冽，在头顶支撑的塑料布被萧萧寒风吹得摇来晃去，哗啦哗啦响，粥棚随时要倒塌或被风席卷而去的样子。棚里摆着两张小圆桌和几把坐上去叽嘎叽嘎响的竹椅。揭开盖的蒸笼里蒸着一钵钵热气腾腾的肉片汤。离开南昌快三十年了，感到市容和街道两边的建筑变化不大。因为我在这里生活过十几年，对这座城市太熟了，知道它这些年把建设的重点放在流经这座城市西面的抚河西岸，在那里开发了一大片连省委和市委都搬过去办公的红谷滩新区，原来繁华的火车站一带成了破旧的老城。让我感到亲切的，是瓦罐肉片汤的味道非常鲜美，南昌的早餐比过去好多了，也丰富多了。

南昌在我的履历里是不能省略的地方，它是我此生将在这篇文字里详细叙述的人生第一个转折点。我在这里当兵，提干，上大学，结婚生子，开始了此后长达四十多年的漫长军旅生涯。连户籍都改了，从一个农村孩子变成一个从此再没有离开城市的集体户。有许多战友、同学和各方面的朋友散落在这座城市的角角落落，吆喝一声，应者如云。1985年，我从抚州军分区东乡县人武部调总政解放军文艺出版社，直到今天。二弟最早也在南昌当兵，我调北京后，觉得两兄弟应该相互照应，把他介绍到驻防在石家庄的某部当驾驶员。他在石家庄结婚生子，也留在了北方。

吃完早餐，我们直奔井冈山下那个过去叫宁冈县，现在已纳入井冈山市版图的故乡。三百多公里的路，全程高速，只需跑三个半小时就到了。朋友心怀歉意，说让我们三兄弟在路边摊上的寒风中吃早餐，不成体统。但在这里方便让司机带车跟我们接头，一分钟也不会耽误。我说这已经很好很好了，我们要赶时间,你可帮了我一个大忙。又说,有了这辆车,我们立即往家里赶,兴许还能见上父亲一面。

朋友是个著名小说家,在省作家协会担任副主席,性情善良,心细如发。她说我们一定能见到父亲,因为我们都是孝子,一声招呼,从四面八方着火一样地往家里赶。说着,退到路边的一棵法国梧桐树下,目送我们乘车远去。

父亲是个农民

父亲是一个农民,一个标准的农民,完全彻底的农民。即使1969年在他36岁时被招工进了县建筑公司,成了一名建筑工人,也还是一个理论意义上的农民。虽然按今天风行的说法,可以归于农民工,是早年吃商品粮的那种还不叫农民工的农民工。他勤劳、善良、厚道、胆小怕事,勉强认识自己的名字,还不会写。他的生存之道,是中国所有农民循规蹈矩的生存之道:小富即安,相信"命里有时终须有,命里无时莫强求";遇事能忍则忍,能让则让,能躲则躲;没有明确的信仰,也不可能有雄心壮志,更没有野心。一生的追求,就是在村里盖一栋房子,在这座房子里生儿育女,终老一生。

2009年9月,守在东上乡桥头屋场前门村那栋老屋里的父亲和母亲,让在县里几度与人合伙开厂几度失败的大弟立新,给我们四个分别在北京、石家庄、宁波和惠州工作的四兄弟打电话,说想我们了,希望趁着他刚刚大病初愈,带上妻子儿女,回老家一起欢度国庆佳节,照个全家福。话说得郑重其事，情真意切，有几分温馨，也有几分凄凉。该是一种难得的心理默契，我们四兄弟，还有四个人的配偶、四家的孩子，竟然齐齐地响应，没有一个因故缺席。在国庆长假的前一天，我们四兄弟各自带上夫人和孩子，几乎同一时刻踏上了回乡的路。到了家里才发现，父母像有先见之明，为以后再也不可能聚齐的这次团聚，做了精心准备。当天晚上，关住敞开的大门，像进行一场仪式，父亲和母亲把在县城砻市镇打好的三个金戒指，每个媳妇一个，郑重地交到她们手上（四弟因为在老家结婚，提前给了）；给孩子每人一个两千元的红包，鼓励他们好好读书，努力上进。

父亲刚患的那次大病，其实是他的无知造成的，是他的一场病中病。

话题追溯得远一些。

我父亲这一辈的兄弟姐妹为四男一女。再往上追，我们家是彻底的远近闻名的赤贫户，世世代代偏居乡野，没有出过一个文化人，连一部族谱都没有。父亲这一辈，我有意询问过，没有一个叫得出自己父母的名字。在他们看来，他们的父母，也就是我的爷爷奶奶，根本就没有名字。我读书后，正赶上十年"文革"时期，老师布置写家史，我回家向父亲讨教，问他我爷爷和奶奶分别叫什么名字，解放前过的是什么日子。父亲被我问住了，他说他的父亲母亲叫什么名字，他也说不出来，只记得村里的人都叫我爷爷水牛。大概叫刘水牛吧，他说。再问奶奶叫什么名字，父亲理直气壮地说，你爷爷我都不知道他叫什么，怎么会知道你奶奶叫什么？我想得起来的是，她特别会生孩子，年年生，有一年还年头年尾地生了两个。不过，生一个死一个。别看我们兄弟姐妹活下来五个，死了的更多。

上小学的时候，我每天必须走过一条在春夏两季被两边的青草覆盖的小路，中途有一座坟冈，我爷爷就埋在这座被荆棘和茅草吞没的坟冈里。有一天，生性胆小的我把心一横，壮着胆子扒开荆棘和茅草，去找我爷爷的墓碑，希望能认出他的名字。但是，肯定是新中国成立初期去世的爷爷太穷了，他的坟墓根本没有墓碑，只是立着一块俗称三六九的老砖头，想是出自民间艺人之手，上面十分潦草地刻了几个字。历经风吹雨打，那几个字早被岁月剥蚀了，隐隐约约能辨出一个"牛"字。当年是否刻着"刘水牛之墓"几个字，没有谁说得清楚。后来我问我奶奶葬在何处，父亲朝荒草萋萋、站在村口就能望见的马鞍山随手一指，说，你奶奶埋在那里，你自己去看看她的坟塌了没有。

我爷爷奶奶埋得潦草，首先在于他们死得潦草，活得更潦草。父亲说，从我们的爷爷那一辈往上数，这个家，就没有人活过六十岁。正是出于这个原因，父亲在过完六十岁后心里就慌慌的，觉得自己这里有病，那里也有病，怕也活不过六十岁。我们对他说，你怎么能跟爷爷奶奶这一辈人比呢？他们那一辈时运不济，生在旧社会，不仅医疗条件差，社会地位也低，简直低到了尘土里，是真正的草芥和蝼蚁。现在不一样。

现在是新社会，人民当家做主，社会地位今非昔比，医疗条件更是大大地改善了。得了病，公社有卫生院，县里有综合医院，还可以去医疗条件更好的地区吉安和省城南昌治。如果不愿去吉安和南昌，怕人生地不熟，没有人照料，那就去几个儿子所在的北京、石家庄、宁波和惠州，花多少钱，请什么样的医生，我们即使倾家荡产，也在所不辞。

父亲听我们这么一说，放下了包袱，轻轻松松地活到了七十岁。但过了七十岁，他又胡思乱想，说阎王放他过了七十岁，不会再让他逍遥自在了，开始又一轮的疑神疑鬼瞎折腾，一下说肚子不舒服，一下说手是麻的，一下说脑子不行了，老忘事。二弟在石家庄某部退役，被安排在河北省建设银行为领导开车，妻子家有亲戚在白求恩国际和平医院工作，把父亲接过去做全面检查，除血糖偏高外，没有发现其他什么毛病。我们说，这下你放心了吧？他说放心了，但血糖偏高也是病啊。二弟为打消他的顾虑，给他开了二甲双胍、格列喹酮、格列吡嗪等一大堆降血糖的药，让他带回家慢慢吃，慢慢降，就发生了2009年8月22日晚上吃错药的事。

那天，吃过晚饭，父亲像往常一样，按照医生交代的剂量准时服药。但是，几种药摆在面前，他忽然忘记了是否都吃过，或吃过了哪一种。一阵迷糊后，他下意识地以原本的剂量，再吃了一次，睡觉时间还没到便瘫在床上，昏迷不醒。住在县城的大弟立新和妹妹梅秀接到母亲的电话，赶回乡下把他送到县医院，抽血化验，血糖都测不出来了。医生说，这种情况他们从来没有遇到过，没有治疗经验，安排救护车送吉安井冈山大学附属医院急救。当晚接到大弟的电话，我心急火燎，正思量如何赶过去，那边又来电话，说暂时没有生命危险，需要观察几天。在等待观察结果的那几天里，我托朋友向北京几家大医院打听，夫人甚至辗转找到了级别很高的保健医生询问，都说父亲这种情况不容乐观，要做最坏打算；即便救过来，也可能成为植物人。想不到在吉安住了八天院，父亲不仅挺过来了，还能像吃错药之前那样开口说话，连记忆力也没有受到明显损害；与家人和村里人交谈，什么事都想得起来。只是行动和语速稍显迟缓，一副大病初愈、刚闯过鬼门关的样子。

七天国庆长假，我们四个在外地工作的兄弟，带着夫人和孩子，分别从北京、石家庄、宁波和惠州回到故乡。从来没有回得那么整齐，那么喜笑颜开。几十年过去，望着在各地开花结果的儿女，父母特别高兴。那几天，每天除了吃饭、睡觉、上厕所，就是坐在一起聊天。在院子里父亲十几年前亲手铺设的水泥地上聊；在我们的头顶，还有一棵他亲手种下的银杏树。晚上回房子里睡觉，板凳和竹椅都不往回搬。有一搭没一搭，白天聊过的人和事，晚上接着聊。许多时候，兄弟跟兄弟聊，妻子与妻子聊，有点儿"捉对厮杀"的意思。儿女们偎依在各自父母的怀里。年迈的父亲坐在一旁静静地听，从不插嘴，一副心醉神迷的样子。抽烟的兄弟边聊边抽，自己每抽一支，都会给父亲递过去一支。父亲都接着，儿子递给他多少支,他抽多少支。如果嘴上正抽着,便把递过来一时来不及抽的烟夹在耳朵上,多的时候双耳夹了四五支。

父亲一生下苦力,抽了大半辈子烟,把抽烟当成做男人的一种尊严,一种享受,甚至一种殊荣。与别的农民略有不同,他自己从来不种烟,也不抽那种自己种植、再动手切成烟丝、抽的时候随便撕一条纸卷成被称为喇叭筒的生烟。他说这种烟太冲,抽着呛人,抽多了还会吐出浓浓的痰。其实,他是想显示自己与别人多少有些不一样。因为,在我们老家,香烟不叫香烟,叫纸烟,那是脱产干部和县城大街上吃商品粮那些有身份的人抽的。哪怕抽纸烟中最低档最廉价的"经济牌",父亲也乐此不疲。过了七十岁,尤其是那次吃错药差点儿送了命之后,母亲要他戒烟,他很不情愿地把烟戒了,但心有不甘。母亲说他戒烟后遇到机会,只要她不在,就会向村里的人讨烟抽。村里的年轻人这些年差不多都去过深圳、东莞打工,见多识广,喜欢开玩笑。他们见父亲变得迟钝了,经常逗他,烟快递到他手上又收回去,要他一遍遍作揖求他们。母亲不想他被人愚弄,家里备了烟,允许他每天抽两三支。我们到家后,让他不受约束,放开抽,母亲也听之任之。

兄弟们这次回老家,都是冲着父亲回来的,因此特别注意他的感受。聊天的话题,开始的时候,有意无意地都往父亲那儿拐,希望他高兴,开心,多说话,尽享天伦之乐。比如聊村子里一二十年前,甚至二三十年前,我们还在家时的人和事,但聊着、聊着,父亲便会长叹一声,说死了,都死了,骨头都可以打鼓了。说完便落入长久的沉默。原来，过了那么些年，我们提起的人，往往都不在人世了。而村子里新长起来的人，都是陌生人，我们许多叫不出名字，也不认识了。

有好几次，我发现父亲被有意无意地遗忘在一旁，独自坐在那儿抽烟、发呆，眼神落寞地望着儿女，我心里不禁一酸，对他陡然升起一股怜悯。我必须承认，父亲老了，真的老了，当年那个坐在月光下的竹椅上，用一把破二胡，撩着一只臭烘烘的布鞋打着节拍，如同制造噪声那般忘情地自拉自唱的人，已经消逝在一去不复还的时光里了。父亲养了一条狗，饭前饭后，那狗总是忠实地趴在他面前，痴痴地望着他。我忽然有些不恭地想，在儿女面前，父亲也是这样深情地望着都长大了但却有些陌生的儿女。即使儿女们没什么话对他说了，把他冷落在一边，他也愿意像他养着的那条狗那样，忠实地看着我们，心满意足地守着我们，听着我们用多少有些生硬的故乡土话东拉西扯地聊天。

　　那天我惊奇地发现我年迈的父亲／是一口坛子，一口泥抟的坛子／手捏的坛子：木讷，笨拙／每一次移动，都让我提心吊胆／／父亲依旧顽强地活着，顽强地让耳朵／倾听风的声音，雨的声音／儿女们在大路上走近／又走远的声音；顽强地让满口松动的／牙，咬住渐渐消逝的日子／如同门上那条搭扣，铁咬住铁／／这是我三个月前看到的父亲／那时他沉默寡言，开始超剂量地往身体里 / 回填药片,有一种死到临头的恐慌 / 他当然知道凡是药都有三分毒 / 但他也知道,他一年年耗尽的力 / 早把他身体的四壁侵薄 / 渐渐掏成一口泥坛子,一个药罐子……

小小宁冈县

过赣江新修的生米大桥,我们乘坐的车驶入赣粤高速公路。

赣粤高速从江西省南昌市起,经过我的故乡井冈山市所属的吉安市和江西的南大门赣州市,进入广东韶关。南昌至井冈山的昌井高速,在南昌至吉安段与赣粤高速完全重合,至吉安市继续向南,进入吉安市所属泰和县直下赣州。二十多年前诞生的井冈山市市府,设在一个离宁冈县很近的叫厦坪的地方。四十年前出来当兵,我的故乡是一个叫宁冈的极小的县,地处井冈山下,当年只有四万人左右。不知哪年哪月,外地人笑话我们这个县小,编了四句顺口溜:"小小宁冈县,三家豆腐店。城里磨豆腐,城外听得见。"

熟悉井冈山斗争史和井冈山地理的人都知道,地处罗霄山脉中段的井冈山有着狭义和广义两说。狭义的井冈山,是以茨坪为中心,以著名的黄洋界、桐木岭、双马石、八面山和朱砂冲等五大哨口为半径的那么一块地盘。新中国成立后的井冈山管理局,就是建立在这个地理概念上的一个县级行政单位。广义的井冈山,是指跨越湘赣两省的罗霄山脉中心区域,包括江西的宁冈、永新、泰和、遂川、莲花和湖南的茶陵、酃县等六七个县,号称"五百里井冈"。1927年9月中国共产党发动著名的秋收起义失败后,由毛泽东率领部队向湘赣边界撤退,最后就是在这片逶迤起伏的群山中落脚,着手开辟革命根据地,创建中国工农红军第四军,从此星星之火逐渐呈现燎原之势。新中国成立后,地处罗霄山脉中心区域的湘赣边界数县共同享受革命老区的这份光荣,每个县都积极修复散落在自己地段上的革命旧居和旧址,对发生在自己土地上的红色斗争事迹进行浓墨重彩的渲染和推介。

把山上的县级井冈山管理区和山下的宁冈县合并为新的县级井冈山市,是改革开放在革命老区推行城市化的产物,也便于更集中更完整地宣传井冈山精神和开展红色旅游。过去这两个省里的最小县级单位互不相让,吵得脸红脖子粗,都说自己是井冈山斗争的中心,而且各取所需,把历史按照自己的需要演义得支离破碎,让经历过那场斗争的许多老同志哭笑不得,只好不断地给他们做工作。把他们整合在一起,两家合一家,也省得为谁是中心争吵了。那么,市府建在哪里呢?因为市府建在谁的地盘上谁受益,于是两家又吵了起来,各自去北京搬救兵。有关方面被吵得头都大了,就说别吵了,找一块既靠近原井冈山管理局的中心茨坪、离原宁冈县县城砻市镇也不远的地方,帮你们建一个新的井冈山市。方案一出,两家勉强同意,终于偃旗息鼓地走到了一起。过去的宁冈县城砻市镇,因那个"砻"字太古老，为方便日渐增多的外地参观者辨认，改为龙市镇。

后来，由中央拨款，不仅在厦坪新建了一个结构俱全、街道四通八达的井冈山市，而且修机场，铺铁路，与北京直接通航、通火车。航线和铁路一通，让我们这些过去回一趟故乡必须绕道京广线或京九线、中途需要换好几次车、走三四十个小时的在北京工作的人，从此"千日江陵一日还"，当天就可以到家。

之后的十几年，我往还故乡都是在天上飞，快捷又舒服。这次我们三兄弟坐火车到南昌改乘汽车，是民航因北方下大雪而停飞。而这，是极偶然的。

在一张纸上虚构雷鸣

丰城、樟树、新干、峡江、吉水……一个个熟悉的地名，在窗外一闪而过。我已经有二十多年没有走这条路了。当然，在二十年前我走这条路时，也不是现在的高速公路。坐在车上，看见路牌上这些熟悉的扑面而来又一闪而去的地名，我有一种被奔涌而来的波涛颠过来又倒过去的感觉，惊异于时光荏苒，冯唐易老。我们生活在这个世界上，回首之间，万事万物已不再是从前的模样了。三十多年前，我踏着这条路离开南昌时，父亲还是个身强体壮的中年人，如今已经是个古稀老人了，身体里频频传来抛锚的讯号。

1972年冬天我参军的时候，父亲三十九岁，在县建筑公司当工人。我即将满十八岁，在硃市镇县高中读高三。跟父亲站在一起，我比他还高。

父亲学艺有点儿晚，学的是没有多少技术含量的泥瓦工，三十岁才出师。我们那儿叫砌匠，也就是泥瓦匠。确切地说，泥瓦匠和木匠、篾匠、补锅匠、骟猪匠等一样，是农民中的手工业者。通常是冬天农闲了，匠人们出去找活儿干，拿到的工钱百分之七十作为公积金交给生产队，换取每年必须挣够的工分，年终凭这些工分分配口粮。毕竟有百分之三十的收入归自己，这在极贫困年代，已经相当不错了。正因如此，手工业者在农村是很吃香的。

在那个年代，儿女多的，尤其像我家那样有好几个孩子在读书，年底不仅分不到钱，还要倒欠生产队，称为超支户。怎么办呢？就得像柳宗元在《捕蛇者说》中说的，"殚其地之出，竭其庐之入"，就是把家里正在下蛋的母鸡、一年养一头但还未长到出栏时的生猪，拿到市场上去卖了，把所有这些能变现的钱如此精打细算地凑起来，才够交给生产队换回一年的口粮。否则，就得喝稀饭、啃红薯，或者干脆挨饿。

父亲亏得有会做泥瓦匠这门手艺，让家里有了点儿活钱，供我和弟弟妹妹们读书。村里的其他孩子虽然也读书，但一般只读到小学三年级，目标是学会写自己的名字，看得懂生产队的分配账目，不当睁眼瞎，具体地说，就是年终分配时不被人算计就行了。老人们不厌其烦地讲一个老段子，说人家写个条子让你送给官府，你也乖乖地老老实实地去送，结果官府接到条子，手起刀落，把你砍了，你还不知道怎么一回事。因为条子上写着"把来人砍了"，而你不识字，不会撒腿跑啊。

乡村的孩子即使读到三年级，也阿弥陀佛，都是混过来的。谁都是背着弟弟妹妹，边砍柴、打猪草，边去乡村民办学校读书识字，成绩无不一塌糊涂，读着读着，自己都不好意思再读下去了。老师的质量也好不到哪里去，都是勉强读到初中，顶多读到高一的回乡青年。有些人是打点了大队干部，开后门进去当老师的，连初中都没有读过，纯属误人子弟。也难怪，他们都是村里人，上完课还要去家里的自留地里干活儿，能教孩子们什么？后来村里来了上海知识青年，安排他们去教书，师资才稍有改善，也免了他们的劳作之苦。不过，那都是民办教师，在县教育局没有编制，报酬是在生产队记工分。

纯粹的农村孩子，像我和我的弟弟妹妹们那样读完小学读初中，读完初中再读高中的，少之又少，称得上凤毛麟角。这得满足两个条件，一是自己愿意学，有兴趣学；二是父母愿意供，舍得供。因为农村孩子读到初中，就是个半大不小的后生或姑娘了，完全能够做父母的帮手，去生产队挣工分了。更何况，当我读到初中时，正是20世纪60年代中后期，正值"文革"阶段。大学的门都关了，城里吃商品粮的学生大部分读完初中，少部分读完高中，就得上山下乡；农村的学生更没的说，读完初中，卷起铺盖，直接回乡务农。1970年后的大学按照从哪里来，毕业后回哪里去的原则，开始由群众推荐，招收工农兵学员，但有几个人有此幸运呢？

父亲作为农民，只能具备农民的见识。他愿意让我一年年读书，仅仅因为我的成绩还不错，老师常在他面前夸我，让他感到很有面子，获得了一种做父亲的荣誉感和成就感。或者他隐约受到古老的耕读传家思想的影响，觉得供孩子读书，是一件很体面很光耀祖宗的事；我家祖祖辈辈没出过一个读书人，这让他在外人面前蒙羞。

如同许多在贫困乡村出生，试图向命运发起挑战的孩子一样，我从小听话、懂事、勤奋、诚实，渐渐身怀走出乡村的野心。七八岁，我就开始帮父母干活儿，挑水，拾粪，放牛，拔猪草；上山砍柴，烧炭，背木头。稍大一些，利用暑假去县城的建筑工地挑砖，下河捞沙子，俗称搞副业。

1969年，我在公社乡办中学读初三，父亲进了县建筑公司当工人。就是在那一年，他单打独斗，在几个兄弟中率先宣告盖房子。在我们老家，盖房子是一件了不起的大事，被称为"做世界"。同时，我们应该知道，那是一个非常贫困的年代，缺吃少穿，物资极度紧张，几乎全部商品都得凭票供应，比如有粮票、布票、肉票、煤油票、肥皂票、白糖票，有的地方还有草纸票、大粪票、月经带票，等等，别说造房子，许多人连饭都吃不饱。但父亲敢想敢干，有点儿"胆大妄为"，雄心勃勃，好像在酝酿一个天大的阴谋。

我出生那一年，伯父带着父亲盖过一栋房子。房子的结构，老家叫三行六间，三行为左右各一行，中间一个厅堂。兄弟俩各占一行。我说过我父亲一辈的兄弟姐妹为四男一女。伯父为老大，老二是我唯一的一个姑姑，新中国成立初期嫁人了。接着是我父亲。父亲下面的两个叔叔，一个送人了，由父亲领着过日子的最小一个叔叔，开始自食其力时，去了县垦殖场。当时的垦殖场相当于后来知识青年上山下乡时的集体户，虽然也种地，但都是年轻人。1954年，新中国成立后的第五年，社会安定了，村里完全走上了集体化，这时与村里一个寡妇结伴过了十几年的伯父，正式娶了深山里的一个客家女人，带着长期住祠堂的我父亲盖了那幢当时还算气派的房子。住进新房子后，伯父诸事不顺，他盼着生儿子，儿子是生了，但生一个死一个；农村人的家庭副业最大的指望是养猪，孰料他家的猪食是村里煮得最好的，最舍得放粮食，猪却从来养不大。别人家的猪养一年差不多都能长到二百斤，他家的猪每一年长到八九十斤，就不长了，跟养妖怪似的。与伯父不同，父亲住进新房后，虽说生活仍然很清苦，但母亲特别能生孩子，而且都生儿子。以后的十来年，先是小叔从县垦殖场拖家带口地回村定居，伯父让出一间房子给他们住。后来姑姑离婚了，搬回娘家，轮到父亲腾出一间屋子，安置这个倒霉的姐姐。到我初中快毕业，父亲已是儿女成群，家里渐渐住不下了，自然而然地想到另立门户，单独盖房子。

在我的故乡盖新房，需要提前几年乃至十几年烧砖、制瓦、打地基。但父亲还没有动手做这些事，就用心良苦地放出风去，希望传遍三乡四邻。他的潜台词是：各位乡亲听好了，我家大儿子上初三了，是一块读书的料，将来说不定能穿皮鞋、吃工作饭，有了好姑娘请给我留着。"吃工作饭"是什么意思？就是不再做农民，当脱产干部的意思，另外一层不便说出来，就是我儿将来不会待在村里，要做公家的人，有地位的人。还有，我父亲之所以敢大张旗鼓地宣布盖房，把声势造得地动山摇，还在于我长得有他那么高了，完全可以成为他的帮手，比如打砖可以帮他踩泥；上山砍木头，父子齐心合力，他抬大头，我抬小头，能一口气把一根屋梁抬回家。附带说一句，我的少年时代就因为这样的活儿干多了，背都被压弯了。几年后到部队，我天天坚持睡硬板床，而且从不垫枕头，每晚直挺挺地望着天花板，命令自己不得翻身，不得蜷曲，才终于把压弯的背给正过来。

如前所说，同是在乡村长大，当我长到十四五岁，读到初三，我父亲就迫不及待，开始在远村近邻中为我寻找他觉得合适做我老婆的姑娘。在他看来，我读到初中毕业，学到的知识，在农村已是绰绰有余。如果我自己提出不读书了，回乡参加劳动，他会满腔热情地欢迎我成为家里的一个壮劳力，帮我成家立业。其中，既有一个农民父亲简单而又纯朴的传统心态，也表现出他的局促和狭隘。

我有足够的勇气承认，当年站在父亲面前，我的心里压根儿就没有许多城里的孩子，尤其是我后来大量接触到的军人的孩子常说到的那种父辈对儿女的压迫感。没有，我的父亲对我绝对没有压迫感。而且，恰恰相反，我从小学读到高中，从乡村读到县城，父亲在我的心里，其实是在慢慢地萎缩，慢慢地变矮、变小，慢慢地变得卑微和虚弱。不知从什么时候开始，对自己的父亲，在我的心里有一种东西似乎缥缥缈缈，与日俱增，像一滴墨汁掉在水里那样逐渐散开，越扩越大。后来的某一天，我突然觉得找到了在我心里的那个准确概括和形容父亲的词，那个词叫——悲悯。

我们能不能在一张白纸上虚构雷鸣？／能不能让这场隐形的临近爆破的雷雨／在这个夜晚，从陡峭的悬崖／劈下来，砍下来，坍塌和崩溃下来？∥就像我疯狂的父亲在二月的原野上／把铁镐狠狠地砸向冰雪／他要砸开春天的一把锁，夏天的一条河／秋天隆隆升起的一座谷仓……

年满十六岁

1970年，我十六岁，厚道，诚实，做事不敢越雷池一步。这一年在我的整个生命旅途中，显得既不平静，又不平凡。它的意义在于通过升学之路为我走出山村的人生立起了第一块可资纪念的里程碑。因为这一年，我在这个普遍视读书为虚度时光的年代，从简易的建在一片乱葬岗上的乡办初中，升入县城砻市镇全县唯一的一所高中。

初中毕业后是否继续升学，对我们这些农村子弟来说，是普遍的一道坎；或者说，是命运的一道清晰的分界线。需要强调的是，这道坎，这条命运的分界线，在我的一生中，值得特别铭记。

眼看就要满十六岁，在心理认知上，因遭遇了诸多难以排遣的愤懑和压抑，让我过早地开始了对命运的思考，基本结束了一个乡下孩子的懵懂和蒙昧，心里不可遏制地衍生出这个年纪不该有的自卑、自怜和自惭形秽。当时我想，降生在我们这个偏僻、落后又封闭的乡村，你就是泥土中的一只蝼蚁，细小，卑微，可以被忽略不计；要生存下去，必须面对更大力量的踩踏。这种更大力量，有时是一个人的脚，有时是一头牛或一头猪把你踩在脚下。它们把你踩死了，踩得肝脑涂地，那个人或者那头牛，那头猪，还不知道是他或它把你踩死的。生活如此现实又如此严酷，促使我清醒地认识到，我作为一个人从此的一生，前路茫茫。我还想，既然我不可选择地成了一个农民的儿子，不管它是偶然的，还是无法逃脱的宿命，我都必须清醒地面对和接受现实，勇敢地去迎接未来属于我的挫折和磨难，力争有个稍好的结果。就像飞蛾扑火，哪怕我毫无胜算，胎死腹中，一生无法实现对命运的掌控和超越，我也要试一下，拼一下，不撞南墙不回头。

事实正是这样，中国的一代代农民和他们的儿女，但凡不愿被土地捆住手脚，不想重复父辈的命运，无不渴望跳出农门，过上城里人那种更光彩也更有尊严的生活。但是，不可否认，我们绝大多数的人，绝大多数的农民和他们的儿女，都是通过无数次挣扎后，最终被打回原形，以失败而告终，然后在漫长的岁月中，慢慢苦乐自知地抚平心里的遗憾和创痛，慢慢地唾面自干，如同哑巴吃黄连般咽下生活的苦楚，接受一辈子背朝青天面向黄土的现实。接下来，作为对命运抗争的第二轮回，开始把希望寄托在儿女们身上。

是这样，哪怕轻微、偏远、细小如蚂蚁，只要有机会，人与人之间也免不了有一星半点儿的狭隘和阴暗；自私和鼠目寸光也司空见惯，在生活中像稗草那样长出来。我是说，即使你在农村出生，只要你雄心不泯，心里还有一个梦想，对自己的人生有所担当，那就应该走出这个狭小、封闭、局促的空间，走到更远更大的地方去。

我承认，我从小暗藏逃离的心思。我觉得这种逃离是正当的、光明磊落的。

想到这些，我不禁对父亲在当了二十多年的农民之后，甘愿去县建筑公司做一名出苦力的工人，充满敬意和感激。因为父亲当了工人，与世无争，从此基本过得轻松、自在，心情舒畅。而且他从此有了工资，可以继续支撑我读高中，保证弟弟妹妹们都有学上，有书读。说句良心话，我的父母和许许多多的乡下人一样，都是生活在社会最边缘、最底层的老实巴交的农民，最多有点儿小野心、小私心杂念，但他们都是善良的、卑微的，就像草原上的草，田野里的泥土，一生一世以自己的默默无闻，顽强地生活着、生存着。不过，也唯其善良，唯其卑微，唯其默默无闻，在偏僻的乡村，他们才有自己的立足之地。

十六岁，当我背着简单的行李，孤独地走在去县城高中读书的路上，我知道我纯粹农民出身的父母已经把他们能给我的东西都给我了。剩下的路，不管多么艰难，多么崎岖，都得由我自己走。我还知道，从此我就像一支箭，无论远方多么远，多么迷茫，我都得拼尽全力拉开那张弓，把自己射出去。

农业粮，商品粮

　　如果正视现实，我们就应该承认，跟当下的高中生们比较，当年城里与乡村的学习条件和学习内容，并没有太大差别，基本处在同一条起跑线上。不像现在，二者相差太大了，城里的学生别说学区房、择校费，仅仅课外辅导班，其昂贵的费用，就能把人吓死。当年城里和乡下学生的差距，主要表现在心理状态不一样，一般来说，城里的同学活泼、自信、皮肤白嫩，眼睛炯炯有神，成绩出类拔萃；乡村学生则自卑、拘谨、衣着朴素、目光黯淡且游移。在一个班上课，你不用点名，不须看花名册，只要往台下看一眼，就能分清你的学生各自截然不同的家庭出身和成长背景。那肤色的黑与白，心态的拘谨与旷达，性情的木讷与灵动，都在脸上写着呢。

　　半个世纪前我们这所县城中学，只有高中部。它在县中受到"文革"冲击而停办四年后第一次恢复招生，学生来自多年像堰塞湖那般积压的各地乡办中学的初中生，主要由三部分组成：住在县城的本地干部和城镇居民子女，从各乡办中学升上来的农民子女，再就是前无古人、后无来者的省城下放干部子女。共两个班，一百二三十人，三部分学生各占三分之一左右。省城下放干部和当地农民的子女泾渭分明，可以放下不说，最有意思的是当地干部和城镇居民的子女，他们不洋不土，亦城亦乡，在省城下放干部子女面前显不出多少优越，但在我们这些农民子女面前，却因父母和家境的不同而显得高高在上。

　　三部分学生还有吃商品粮与吃农业粮的区别。在这方面省城下放干部子女与农民子女，再一次壁垒分明，没有任何特例。本地干部和城镇居民子女的情况则各有不同，有的父母亲都是干部，或者都是城镇居民，那么吃商品粮；有的父亲是干部或城镇手工业者，母亲在农村，那么吃农业粮。我属于最后一种情况，父亲在县建筑公司当工人，属于城镇手工业者，母亲在农村，是纯粹的农村户口，吃农业粮。经历过那个年代的人都知道，吃商品粮和吃农业粮的人待遇是大不相同的，前者可谓含着金汤匙出生，他们凭着傲骄的城市户口和粮本，去国家粮站购买定量供应的粮食，手中握着省里发给的走到本省任何一个地方都能使用的地方粮票（当年还有全国和军用粮票，不受地域限制）；吃农业粮的不发粮票，粮食由生产队分配，许多贫穷的地方根本保证不了定量供应，食不果腹是常有的事。到青黄不接的时候，指望国家返销，号称返销粮。从初中升入高中，吃商品粮的可以把粮油关系转到学校，在学校食堂像老师那样打饭、打菜；吃农业粮的，必须从家里背米，背菜、背油，在学校搭伙，背后的饥馑和窘迫一言难尽。因此，吃商品粮的同学比吃农业粮的同学，天生优越，时时处处显得高人一等。

我就读的县高中，是一座在县城东面的一片山脚下的栗树林里刚刚建起来的新学校。需要交代一段历史背景：县里过去那所中学从拥有几百年历史的龙江书院发展而来，校内有一个古色古香的文星阁。1928年夏天，朱德带领南昌起义余部两千多人，历经艰险，千里迢迢奔赴井冈山，与毛泽东在井冈山下即我们宁冈县城砻市镇的龙江南岸一片冲积而成的沙地上会师，当天下午来到龙江书院的文星阁举行亲切会谈。因此，把当年做过红军教导队的龙江书院和朱毛第一次会面的文星阁圈在其中的县城中学，在"文革"时，被县革命历史纪念馆征用，县里唯一的这座中学破天荒地停办了。过了三四年，县里虽然贫困，但咬着牙，另选现在这个地方重建了包括高中部在内的县中。因为一个县没有一所中学，实在太说不过去了。出现在我们眼里的这所新建的学校，暂时只有高中部，接纳我们这些再不开学就要集体失学的高中生。虽然教室的窗外芳草萋萋，散落着一堆堆砖石；老师大多数从下放多年的各个犄角旮旯往回调，住在必须在屋檐下生火做饭的简易住房里，把破破烂烂、花花绿绿的家当见缝插针地堆得到处都是。

那时大学也恢复招生了，但不在应届高中生中招，只招工农兵学员。从中学直接考大学是绝不可能的事，我们都断了直接升学的念想，根本不敢做大学梦，因为中学毕业后必须无条件地全部上山下乡。不同的是，吃商品粮的学生叫插队落户，吃农业粮的叫回乡务农。尽管如此，老师们认真上课，学生们努力学习，那种只管播种不问收获的情景，至今让我感动。毕竟全县只有这么一所高中，只有两个班共一百多个学生。我们男男女女，同心协力坚持到高中毕业，到时将全部下放农村和回乡干体力活儿。

到了高中，我真正感到了自己先天不足，基础知识薄弱，尝到了暗中相互竞争的压力。在公社乡办初中读书，差不多都是当地农村的孩子，家境不相上下，大家知根知底。我因为学习成绩相对稳定一些，尤其作文经常受到老师表扬，偶尔还有点儿扬扬得意，沾沾自喜。到了县城读高中，在县里干部子弟尤其省城下放干部子女面前，立刻相形见绌，无论哪个方面都比不过人家，心里颇感失落，又有点儿不服气。心里想，人家父母是什么身份？什么文化程度？我父母是什么身份？什么文化程度？那能比吗？认命吧！

三部分家庭出身迥异的同学，住在同一间宿舍里，在同一个教室上课，至少让我感到气氛压抑，有一种怪怪的感觉。那些随父母从省城下放来的同学，家里条件好。在下放前，他们的父母有的在省报当编辑、记者，有的在省总工会坐办公室，还有的是省歌舞团的舞蹈家和乐手，都是有头有脸的人物，在这种家庭熏陶下，他们一个个长得健康，阳光，白皮嫩肉，聪明伶俐，成绩好，气质也好。课间讨论问题和课外活动，自然扎堆，说的是他们引以为傲的省城方言。我们这些农村同学知识面窄，脸上表情僵硬，着装土里土气，大部分男同学理那种小分头，耷拉下来的一绺头发遮住一只眼睛，不怎么讨南昌同学的喜欢，对他们只能望其项背；遇上问题与他们沟通，讨好般说着很不流利的普通话，要多别扭有多别扭。有意思的是，当地干部和城镇居民的子女，他们从开学第一天起，就自然而然地倒向南昌同学一边，甘当他们忠实的观众和听众。同学两年多，我不敢说跟哪个从省城来的男同学成了朋友，对省城来的女同学，更是敬而远之，好像从来没有主动跟谁说过一句话。

学校实行寄宿制，有食堂给师生提供热饭热菜，每顿有荤菜、素菜两样供选择。农村同学自带米和菜，用五花八门的不锈钢和搪瓷盆，自己淘好米，放到大蒸笼上去蒸。开饭时，吃商品粮的同学笑逐颜开，成群结队地往食堂拥。我们这些农村同学，故意磨磨蹭蹭地落在后面，蒸笼一揭开，认准自己的饭盆，端起来就往宿舍走。因为我们没有资格把粮油关系转到学校，吃不起食堂由厨师每天做的新鲜饭菜。借学校的蒸笼蒸熟饭，用家里带来的腌菜下饭。从家里带来的腌菜，装在玻璃瓶子里，往往要吃一个星期，多半为霉干菜、萝卜干、炒黄豆，或者霉豆腐，五花八门，形形色色。家里富裕点儿的有腊肉、咸鸭蛋。从湘赣边界大山里来的同学，难得回一次家，背一次米，带一次菜，通常吃半个月或一个月。

在吃农业粮的同学中，我不算最寒酸的。因为我父亲在县建筑公司上班，每月能领到微薄的工资。母亲每个星期给我五角钱零用，交代我可以像吃商品粮的同学那样，大大方方地去食堂买份菜吃。但我觉得父亲就是一个出大力流大汗的泥瓦工，他领到的那点儿工资是他的血汗钱，用他的钱让自己混入干部和城镇居民子女行列中，是可耻的，我于心不忍，甘愿待在农村子女的圈子里。我想，本来嘛，我没有必要打肿脸来充胖子。

我从不张扬，不刻意吸引公众的目光和向社会推销自己，大概与当年形成的过于强烈的自尊心有关。

有本事你自己去奋斗，用自己的力量改变未来，我对自己这样说。

丢了一只鞋

九月开学后的第一个星期,我丢了一只鞋,莫名其妙地丢了一只鞋。或者说,我的高中生活是从丢一只鞋开始的。说得狠一点儿,丢的这只鞋,把我打回了原形。

几年后我抚躬自问,那是命运提醒我必须记住:我是一个农民的儿子吗?

记得9月的这个早晨,阳光灿烂,我在刚平整的红泥操场上跑了几圈,看见穿在脚上的新解放鞋沾上了几块红泥巴,就脱下来去宿舍门前立着的那个水龙头下里里外外刷了一遍,再搬一张凳子,把它架在宿舍尽头的晒衣场上晾晒。9月初的南方天还很热,很干燥,鞋子晒到晚上差不多就干了,不耽误第二天穿。下午上完课回到宿舍收鞋子,发现右脚的那只鞋不翼而飞。

我没有意识到这只鞋就这样永远离我而去,以为它被风吹跑了,也可能被喜欢捉弄人的哪个同学藏起来了,或者扔在不远处。踌躇间,我为自己那么勤快又那么吃力不讨好地洗这双鞋子感到好笑：鞋子才穿了不到一个星期，只是沾了一星半点儿泥巴，我就忙不迭地去洗它，是不是有什么毛病？现在回想起来我必须承认，这可能是青春期到来时的莫名躁动，是希望自己出现在女同学面前时能让她们感到舒服些，觉得我不那么土。其他的想法和用意是绝对没有的。其实，我心里非常清楚，我即使穿金戴银，跟着父母从大城市南昌下放来的女同学，或者县里土生土长的那些干部子女，都不会多看我一眼，更不在乎我穿什么。一双新鞋说到底，是穿给自己看的。但当年的那种感觉太不一样了，或许这就是我后来读到的弗洛伊德指出的力比多在起作用。

晒衣场处于半封闭状态，由一道比人还高的弧形围墙围着，长满青草的空地上竖着几排木桩，拉着一道道铁丝，像一个个葡萄架。铁丝上男生们晾出的衣服，非蓝即黑，一律的列宁装，也有少数几件当时非常时髦的黄军装；女生们的衣服稍有色彩，大部分为挺素的裙子，或灰或绿，点缀着细碎的花。有意思的是，当地女生和南昌女同学的衣服晾出来，一目了然，不仅样式不同，质地也有着明显差别。我在草丛里找了几遍，没有看见我那只鞋，连影子也没有。几次碰到墙根，抬头望着比我高出一头的围墙，心里想，会不会被人扔到墙外去了？

在我找鞋子的时候，不断有同学来收衣服，原本密密麻麻的铁丝上，渐渐地稀了下来，空了下来。几分钟时间，衣物都收走了，同学们差不多都拥向了饭堂，晒衣场忽然显得空荡荡、静悄悄的。我坐在晾鞋子的凳子上，握着剩下的那只鞋子，发了一会儿呆。看着天麻麻地暗下来，急急慌慌穿过校园，拐一个大弯，绕到围墙后边去找。

晒衣场墙外是一片杂树林，我树上树下都找了，仍然没有鞋的影子。比膝盖还深的草，我用棍子扒拉着，一排排像梳头那样梳过来，梳过去，同样无功而返。这时已饥肠辘辘，我快快地从校门口绕回宿舍，端起同学帮我端回来的饭胡乱地吃起来。有同学走过来拍我的肩，安慰我，我假装若无其事，说，不就是一只鞋吗？

但是，我已经被这只鞋弄得心烦意乱。我太心疼这只鞋了！这是我从村里来上高中时，我母亲特意去县百货公司给我买的，是我此生穿上的第一双军绿色胶鞋。颜色，样式，大小尺寸，我都喜欢，差不多比着我的脚买的，穿在脚上心里感觉很好。在这之前，上小学，读初中，我都是穿母亲给我做的布鞋。我说过，我母亲出身不好，小时候被宠着，不怎么会干活儿。嫁给乡下我的穷父亲后，被逼得风雨无阻去种地，翻山越岭去砍柴，一个一个生孩子。还要做饭、种菜、筛米、养猪、做鞋，等等。什么都得现学，什么都手忙脚乱地应付着。

母亲给我们做鞋，用废报纸让我们踩在地上先打个样，然后在油灯下一锥一锥纳鞋底，尽了她最大的努力。但穿在脚上非长即短，多数夹脚，样子也不怎么好看，鞋帮与鞋底的连接处总是皱皱巴巴、疙疙瘩瘩的。我们这些做孩子的都默默承受，挤也好，痛也罢，都得让自己的脚服从鞋子。我以为天下的母亲为孩子做鞋，都是这样压迫他们的脚，自己没理由挑剔。我也知道孩子的脚，是长得最快的部位，哪双鞋都是被长大的脚撑破的。天暖了，在去上学的路上，干脆把鞋提在手上，赤着脚在新修的田埂上啪嗒啪嗒地走。田埂软软的，草尖欲冒未冒，踩上去麻酥酥的，舒服极了。

除了上学，农村的孩子差不多都打赤脚。放牛光着两只脚，上山砍柴也噼啪噼啪，光着脚走路，脚板上都磨出茧来了。脚踝和腿肚子被荆棘、草叶和一种附在草叶上名叫花镰子的毛毛虫，割出或蜇出一道道细细长长的血口子，可谓伤痕累累，但都感到这些太稀松平常了，没有人觉得是多大的事。有时下了水田，蚂蟥叮在腿上也不怕，扯下来圆滚滚的，用力往田埂上扔。也有到晚上洗脚上床的时候，才发现腿肚上仍挂着一条，此时吸饱血的蚂蟥，涨得有手指那么粗，就找来老人的烟斗，把烟锅烧红，按住在地上缓缓爬行的蚂蟥，顿时小东西在烟锅里剧烈地翻滚，很快化为一摊血水。烟油是蚂蟥的克星，多顽固凶猛的蚂蟥遇到了烟油，马上尸骨无存。

年纪稍大些，才渐渐养成穿鞋的习惯，但也有白天干活儿和晚上出来溜达的区别。白天干活儿通常穿草鞋，尤其上山，无不负重前行，不穿草鞋既踩不稳，又容易踩上竹尖和石块，伤着脚。晚上独自出来溜达或扎堆乘凉，一般趿着一双穿得滑溜溜早就没帮没沿的布鞋，如同踩着两条臭烘烘的咸鱼；也有人穿自己用樟木板比照脚板的长短做的木拖，走起路来啪嗒啪嗒响。

现在回想起来，在我老家那么多的人打赤脚，看上去是习惯成自然，说到底还是因为穷，买不起鞋子。再就是，农村人常年下地上山，手提肩扛，也特别费鞋。虽然在夏天，哪怕秋凉了也打赤脚，的确既轻快又方便，但有鞋谁不知道爱护自己的脚？正因为如此，乡下的女孩儿在成为大姑娘的过程中，第一个基本功，就是学习做鞋。出嫁的时候作为嫁妆送给夫家每个亲人的礼物，就是每人一双新娘亲手做的鞋。而且，在出嫁那天一路排开的嫁妆中，一双一双新鞋，总是摆放在最醒目最耀眼的位置上。

十六岁上高中，我的个头猛地蹿到一米七，用我们村里人的话说，已是"门高壁大"的人；喉咙也开始变声了，浑厚，低沉，粗重，像小公鸡吱吱嘎嘎打鸣。到了这个年龄，但凡初中毕业回乡务农的人（我的大多数农村同学都走这条路），都要穿上一双母亲做的新布鞋，头上抹点儿油，腋下夹把油纸伞，跟着媒婆去相亲。像我这样正在高中读书的，也有人暗度陈仓，悄悄地找好了对象。母亲肯定是想到我长大了，晓得在老师和同学们面前爱面子，不忍心让我继续穿她做的布鞋，觉得土里土气的，在同学们面前感到自卑；也不愿让人看一眼我穿的鞋，就知道我妈妈是什么手艺；就是说，穿她做的鞋，她自己都感到难为情。

母亲把那双崭新的散发着好闻的胶皮味的解放鞋递到我的手里时，我嘴上不说，心里欣喜若狂，爱不释手。我知道父亲拿工资，给我买双鞋不算什么大事，但他的工资很低，每个月才三十多元。他每天或顶着烈日，或冒着雨雪，站在高高的脚手架上砌墙，辛苦又危险，平均下来一天也就只有一元钱的收入，赚的是我想起来就惊心的血汗钱。母亲给我买这样一双鞋，父亲得劳动好几天。再就是，母亲此时不仅有了我和大弟、二弟三个儿子，肚子里又怀着几个月后将出生的妹妹，天天挺着个大肚子参加集体劳动，非常劳累。她和父亲让我这个原本能成为强劳力的人继续读书，已经够让我感激不尽了，至于穿什么样的衣服和鞋子，我实在没有理由也没有勇气挑剔。更隐秘的是，我进入青春期了，走在路上会自觉不自觉地注意自己的仪表；一绺头发垂下来，走到没人的地方，会头颅一昂，自认为很潇洒地把那绺头发甩上去。我知道我的身体比较文弱，背因为经常干活儿，压得微微有点儿驼，走进教室或者其他有女同学在的场合，胸膛常常会自我振作地向前一挺。在县城上高中才几天，因为班上不仅有挺讲究的县城女同学，还有骄傲的南昌女同学，我感到，这时有一双新鞋，一双好鞋，不说有多么时髦，起码感到体面一些。

那只鞋丢了，让我暗暗叫苦，还得在同学们面前装轻松，装无所谓。趁人不注意，我不时去晒衣场转一圈，看搞恶作剧的人是否觉得没趣了，把鞋放了回来。

然而没有，我去了五六次晒衣场，草地上始终空空荡荡的。最后一次我没有回宿舍，也没有去教室，而是直接出了校门。从这里下一个坡，过一座横向铺着木板的桥，顺河对岸的沿江路走一里多路，就到了父亲所在的县建筑公司。来回不超过二十分钟。如果一下课就走过去，正好赶上他们的饭点。父亲叮嘱我不能总吃装在瓶子里的腌干菜，对身体不好，要我一个星期去他那里吃几次饭，改善伙食。

看见我在将要上晚自习的时间里出现在面前，父亲有些惊讶。他们好几个人睡一个大房间，床铺是两条板凳架一块床板那种，一个挨一个的，非常简陋。空气中飘浮着一股难闻的混杂着汗水、臭脚丫和劣质烟草的味道。我进去的时候，大家光着背，有的几个人盘腿坐在床上，叼着烟在打扑克，有的三三两两在聊天。父亲什么也没干，躺在床上休息。我走到他床前，他迅速坐起来，问我怎么不早点儿来，食堂关门了，吃不上饭了。

我没有回答父亲，开门见山地说，我新买的那双鞋丢了一只。

父亲睁大眼睛，说奇了怪了，穿在脚上的鞋子，怎么会丢？我告诉他鞋子不是穿在脚上丢的。他绷紧的脸马上松弛下来，自嘲地笑起来，说哪个贼偷鞋子只偷一只呢？不会的，肯定是某个爱捉弄人的同学跟你闹着玩，都是孩子嘛。你再回去看看，在哪里丢的就去哪里找，仔仔细细地找，我觉得丢不了，他说。

我告诉父亲，我的鞋子是洗好后晾在晒衣场上丢的。我还告诉他，我到处找过了，连围墙外的树林里都找了。又说，我们刚刚开学，才一个多星期，同学们从全县的各个地方来，还互相不认识呢，不可能有谁跟我开玩笑。

父亲说，这怎么可能呢？这么大、这么显眼的一只鞋子，风是吹不走的。再说,今天好像也没有风啊,它会突然长翅膀飞了?我还是认为有人藏起来了,你再去找找,仔细地找。

我觉得父亲啰唆,翻来覆去地说那几句话,掉头出了他们的屋子。

父亲冲着我的后背喊,那就不找了,丢了就丢了,明天另买一双。

我回到学校,看到教室里灯火通明,直接去上晚自习了。下了晚自习,我心有不甘,又一次向晒衣场走去,想碰碰运气。我想,父亲说得有道理,肯定是哪个同学捉弄人,否则,不会只丢一只鞋子。闹着玩的人闹够了,看着天黑了,说不定就把藏起来的鞋拿出来,放回原来的地方。

走近晒衣场,在宿舍里透过树木射出的斑驳灯光中,我隐隐约约看见一个人打着手电,正蹲在草丛里找什么。他是那么认真,那么仔细,如同我许多年后在黑白电影《枯木逢春》中,看见千军万马齐上阵,蹲在草丛里找钉螺。

走进晒衣场,我不假思索,对背向我蹲着在那里找东西的人说,喂,你也丢了东西吗?你在找什么?那人依然蹲着,头依然低着,说是我啊!听见声音,我理智上还未认出那个人是谁,心里却情不自禁地哆嗦了一下。然后我惊奇地喊了他一声爸爸,说你为什么蹲在这里?是帮我找鞋子吗?

父亲站了起来,有些慌乱和错愕地说,是啊,帮你找鞋子,怕你马虎了事,没有耐心找;也怕你要读书,没有时间找。可惜我反反复复地找,扒来扒去地找;有的地方,我还翻开草皮找了，就是没有。再看父亲找过的草丛，一片片整齐地倒伏，像用梳子梳过。看他那不肯罢休的架势，我还想，要是离家里近，他会牵一头牛来，把晒衣场犁一遍。

我一阵辛酸，一阵莫名的恼怒，眼泪就要涌出眼眶。你做什么吗？我带着哭腔冲父亲吼道，给我丢人现眼！如果让同学们看到，会怎么笑话我？你快走！

父亲明白我心理脆弱，忙不迭地说，你不要哭，我走，我就走。

我看见他灭了手电，在昏沉的夜色中，慌不择路，像我放走的一个贼那样疾步走开了，又一阵心酸，眼泪终于流了下来，哗哗地流。我知道我做得不对，不该对勤俭、善良、疼爱自己儿子的父亲吼叫，但我控制不住自己，也说不服自己。我进入了一个理智与情感相互纠缠又无情撕裂的阶段。我恶狠狠地想，就为一只鞋，父亲和我多么吝啬，多么农民意识。但有什么办法呢？我怎么吼叫，怎么回避，怎么试图遮掩，都无法改写一个事实：我父亲就是农民，我就是农民的儿子！

第二天，父亲给我送来一双新胶鞋，一样的尺码，一样的款式和颜色。我知道这是他把工资交给母亲后，从母亲发还给他的有数的烟钱中抠出来的。他一般抽每包九分钱的白牌"经济"烟，偶尔抽一包一角五分的"勇士"牌。这个月因为用他的烟钱给我买了鞋子，他连九分钱一包的"经济"牌香烟也抽不成了。

我一直留着剩下的那只鞋，放在我去县城上学用的那个杉木箱的最底层，一直留到我当兵离开故乡。

此情可待成追忆

　　雨在沙沙地下。长鼻子的乡村班车向竹林／深处驶去。她就坐在我身边，长着／一张城里人好看的脸，而我觉得／她就是一滴雨：清澈、浑圆，亮晶晶的／刚刚从窗外溅进来，压住了车厢里／浓重的汽油味，和一摊摊呕吐物的／酸腐味。我自觉地蜷起腿，听她字正腔圆／吐出的每个字，但却不敢靠近她／顽强地保持一个乡村少年的自尊／和隐忍。但在颠簸中，我触电般地碰到了／她的手臂和大腿，闻见了她雨水一样／清新的味道。这让我愉悦，心在怦怦怦地跳／我努力想对她说点儿什么，但不想告诉她／我是附近山里的一个孩子，父母是／农民，正要去雨中的那片竹林里／扛毛竹。我十六岁嫩豆芽般的小身子将被／沉重的负累压弯……

　　或许是青春期终于到来，几十年后，我仍不可救药地记住了我在十六岁那年遇见的那个比我大好几岁的姑娘。这个我当时惊为天人的女人，就像一粒种子，被一股无影无踪的风从我不知道的远方徐徐吹过来，而我的心恰巧就在这时裂开一道缝，偶然但又自然而然地接纳了她。之后，她在我的心里默默地发芽，默默地生长。这个过程，也像她被风吹来的时候那样来无影，去无踪。我猜想，连她自己都不知道，她是怎么作为一粒种子从此生长在一个乡村少年的温馨记忆中。

依然与我是一个农民的儿子有关。上了高中，我不仅能通过一双鞋来体谅作为农民父母的艰辛，还能尽力用越来越结实的肩膀，去分担他们的生活负重。我的分担方式是，能赚一顿饭是一顿饭，能赚一件衣服是一件衣服。我努力了，付出了自己的体力和汗水，回到村里或在半路上碰到比我更早地压着生活重担的同学，也不至于慌乱和心生愧意。但勤工俭学那时还没有成为社会的一种时尚，偶尔卖卖苦力还会遭到人们的蔑视。遇到班里家境好的同学，尤其遇上女同学，免不了破帽遮颜，悄悄地躲开。我心里却倔强地想，骑驴的不知道赶脚的苦（后来在浩然的长篇小说《艳阳天》里看到的句子），我生来没有你们那般优越，那么好的父母，只能自力更生，自食其力，自己能挣多少是多少。每当获得微薄的一点儿报酬，父母作为奖赏，让我自己支配，给自己购买学习和生活用品。我在学校挂的蚊帐、盖的毛巾被，还有铺的枕巾，都是这样换来的。用上这些与城镇的同学不相上下的物品，因自己付出了劳动，心里感到别样的快意。

星期六只上半天课，有一次，我们几个乡村同学相约去茅坪扛毛竹。中午不吃饭去赶过路班车，下午至傍晚到目的地后，可以多干两个多小时的活儿。星期天可以干大半天（那时还没有双休日）。茅坪是著名的八角楼所在乡，毛泽东当年在这里写下了《中国的红色政权为什么能够存在？》和《井冈山的斗争》两篇意义深远的著作，去井冈山旅游必定要参观这个景点。不过，"文革"初期的大串联早已过去，来参观的人非常少了。当地人都知道，从茅坪往山里走，一直走到黄洋界脚下，漫山遍野都是竹子。春天到来，春笋都会从村民们的牛栏或猪圈里钻出来。坐班车到茅坪下车，再走一段崎岖的山路，就到了我们扛毛竹的那个我后来才知道叫神山村的地方。当然，我们都是山里的孩子，不怕翻山越岭。

我们乘坐的过路班车，就是我在诗里写到的那种有一个长鼻子的乡村客车，美国西部片和公路片中经常能看到。

上了班车，各自去找没人坐的位置。我快走到车尾了，一个坐在双人座上的身影主动往窗户那边挪了挪。我指着那人让出的位置，谦卑地说，我可以坐这里吗？

当然可以！声音清脆、干净、热情，毫无拖沓之感，她说坐吧，坐吧。

我本能一惊。那声音太美，太好听了！像鸟儿用被早春的雨水浸泡过的嗓子温润地歌唱，清澈的溪水在卵石间叮叮咚咚流淌，带着点儿后来整天在我的耳边环绕的卷舌音。循声望去，靠窗坐着一个姑娘，不对，应该称她女生，因为她青春靓丽，阳光灿烂，雪白的石膏雕像般的一张脸，雪白的石膏雕像般的脖子和肌肤，两只炯炯有神的眼睛，扑闪扑闪，像极了电影《英雄儿女》中那个身背小军鼓、唱起歌来群山侧耳的王芳。印象最深的，是她穿着一件有小翻领的海水蓝上衣，虽然洗得微微发白，但唯有洗得发白，唯有穿过，才显得韵味深长。在刹那的恍惚中，我感到在哪儿见过这种衣服，想了很久没有想出来。许多年过去，我在和妻子结婚后，看见她的衣箱里珍藏着同样一件衣服，这才知道，那是五十年代部队女校官配发的那种常礼服。而且，在那个年代，能当上女校官的女兵不多，通常要到部队文工团才能见到。

那时的车很少，班车穿过田野，在常见的乡村沙土公路上孤独地行驶。两边的稻子成熟了，一片金黄，在秋风中掀起一层层波浪。以往坐这种班车我会晕车，闻不惯未燃烧干净的那股钻进心里翻江倒海的汽油味；这天却不晕，一点儿也不晕，好像刺鼻的汽油味根本就不存在。在行进的车厢里，我很想偏过头去看那个姑娘的脸，但不敢看，偷偷地也不敢看。我觉得偷偷地看人家的脸是对一个人的冒犯，是可耻的；想跟她说话也不知说什么，怕她不愿搭腔，或对我不屑一顾。有几次我都开口了，发出的声音却是喑哑的，连我自己都没有听见，马上假装咳嗽，咕咚一声咽回去。我们坐得那么近，汽车颠簸得比较厉害时，两个人的手腕和蜷曲的腿都碰在了一起。但她若无其事，好像什么事也没有发生。但我郑重提醒自己，必须目不斜视，必须正襟危坐。我知道我们是有距离的，那是没法说得清楚的距离，不能放在一起说的距离。

本来就是陌路人，我们像所有互不相识的人那样自顾自地坐着，应该说我多少有些做作，有些不自然。想不到，是她首先绷不住了，或者不想绷了。凭着眼里的余光，我看见她忽然自嘲地笑了笑，把目光投向窗外，饶有兴趣地望着向后一片片退去的梯田，一片片庄稼。这样过了一会儿，像自言自语，又像主动跟我搭讪，她回过头大大方方地说，听过那首歌吗？那首乔羽作词，刘炽作曲，郭兰英演唱的歌？

哪首歌？我不敢相信她在跟我说话，看看前后左右，好像没有她的同伴。这时我的身子不由自主地热起来，好像一个气球，就要往上飘。

她转过身，莞尔一笑，如同大姐姐那样友好地看着我，说小孩儿，我问你呢，你知道电影《上甘岭》的插曲吗？

我不觉得她是在逗我，嘲笑我。你叫我小孩儿？我认真地对她说，有这么大一个小孩儿吗？

哦，你不是小孩儿。这次她是在有意逗我了，说对了，既然你不是小孩儿，那么你三番五次地躲我做什么？怕我吃了你吗？

我说不，我不怕你吃了我，哪有这么漂亮的一只女老虎？

她哈哈笑起来，说谢谢，谢谢你说我女老虎，这可是夸奖我。接着她回到刚才的话题，说，刚才我说的电影《上甘岭》插曲，你听过没有？就是那首……她清清嗓子，面向我抬起右手，开始小幅度优雅地打着节拍："一条大河波浪宽，风吹稻花香两岸。我家就在岸上住，听惯了艄公的号子，看惯了船上的白帆……"如同雨落青山，她唱得深情而沉迷。

窗内窗外，此时此景，可谓情景交融，天衣无缝。

听着她深情而又悠扬的歌声，我不知不觉放松了，再不像刚开始那般拘谨；前后两三排的乘客也把目光投过来，面露惊喜之色。她还未唱完，我忙不迭地说，听过听过，这么有名的歌曲，当然听过。但没有注意谁作的词、谁作的曲，还有谁唱的。我们通常不关心这些。

我说的是实话，真真切切的大实话。我们农村孩子看电影，一般都是在露天的打谷场上看，如果正面坐满了人，挤不进去，就看反面。最喜欢看战争故事片，追的是情节、英雄和战争年代打仗的故事。对这类战争故事片，又以红军长征和八路军打日本鬼子最为欢迎。电影由谁编剧，由谁导演，特别是主题歌和插曲由谁作词，由谁作曲和演唱，不在我们关心的范围之内。再说了，看这些电影是什么时候？是在我们天真烂漫的少年时期，往回一望，像一个世纪以前的事了。

她理解地点点头，试探地问，你是一个学生？

我说是，刚读高一，在你刚路过的县城上学。

她说不错，你的作文一定不错。你刚刚说我漂亮，是女老虎，很有想象力嘛。

我的脸红了，默认她说的。我的作文确实还可以，但数理化不行，我说，因为我们乡村小学的条件太差了，不能跟城里比。比如我们读到小学高年级和初中时，教我们数理化的，仍然是民办老师，他们自己都升不了学，中途被淘汰下来，所以我们的基础没有打好。

继续努力嘛，她说，只要还有学上，就能赶上去。又说，你比我幸福。

我怎么比你幸福呢？我不明白她的意思。

命不好呗。她轻描淡写地说，没完没了地搞运动，初中没读完就送去当兵了。

你当过女兵？！你还命不好？我不敢相信地望着她。

是啊，小声点儿。她压低声音说，当女兵有什么大惊小怪的，现在我还当着呢，是通信兵，接电话爬电线杆那种。

意外的遭遇让我激动并倾慕。在我一个乡村中学生的意识里，女兵是那样的神秘，那样的稀罕，在现实中离我的距离可谓遥不可及。此时此刻，一个女兵就坐在我身边，和我侃侃而谈，这给我带来多大惊喜！而且她的职业，她的身世，对我来说，是一个谜一样的存在。迟疑了好几次，我才对她说出了心里的疑惑。我说，我弄不懂，你一个女兵怎么可以自己不穿军装跑出来？怎么可以往我们山里跑？

你们山里？她睁大眼睛说。但想一想，又觉得我说得并无不妥，然后说来话长那般认真又耐心地对我解释，对，你说是你们山里，因为这是井冈山，是你们的家乡。不过，我要告诉你，井冈山不仅是你们的山里，你们的故乡，也是我们的山里，我们的故乡。见我迷惑不解，她又说，你不相信？是这样的：最早，那是二三十年前，我家老爷子，也就是我爸爸，他原本是一个穷小子，从山里跑出来当红军，然后才有我妈妈，才有我和我的兄弟姐妹。所以，我当兵后第一次探亲，老爷子要我回老家看看，我就到这里来了，到你们也是我们共同的故乡来了。

我茅塞顿开，恍然大悟。井冈山是我们彼此相通的媒介，当我们幸运地坐在同一辆车上时，轰轰烈烈的革命年代才过去三十多年，附近的永新、莲花、泰和、茶陵等县，健在的老红军比比皆是。特别是与我们宁冈相邻的永新，是名副其实的将军县，老红军回乡寻亲的事经常发生，习以为常。她说自己是老红军的女儿，父亲让她回老家看看，合情合理。

那你的爸爸一定是一个大官，军长师长什么的，你说我猜得对吗？

她想了想，在双唇间竖起一根手指，这个问题我可以不回答吗？

我满足地笑了，心里想，不回答就是回答。

素不相识的两个人，对方在我的心里是如此完美，如此亲和，就像天上的一道彩虹，远在天边而近在眼前。尤其面对一个乡村少年，她一句"可不可以不回答？"我感到说得特别调皮，特别有趣，让我对她心生敬意，一下走到了与她无拘无束的位置。

这一路，将近两个小时，我们说了很多话。主要是她在说，我在听。她告诉我她在军队大院度过的童年，她的兄弟姐妹，她在部队女兵连的日常生活，比如如何爬电线杆，如何架电话线，如何偷听首长家的电话，传播首长家的糗事，等等，让我始终处在轻松、好奇和不由自主的兴奋中。我们几个同学在茅坪下车，她一只手绕过我的肩膀揽住我的头，一只手主动伸到我面前，说再见了，高中生，我们握个手吧！

我就握了她递给我的那只手。她的手软软的，像刚烤出来的面包。

跋涉到黄洋界脚下的目的地，无论在雨后的竹林里往山下一趟趟背毛竹，还是晚上借住在当地客籍老乡家用干打垒墙壁和杉木皮屋顶盖的房子里，虽然有点儿劳累，但我们几个乡村少年，由于我在路上幸运地跟一个漂亮的女兵坐在一起，心里是快乐的。因为，我们从此有了一句只有我们自己才明白其中内含，而且仅仅在我们几个扛毛竹的同学中流传的口头禅。就是那个女兵最后对我说的："高中生，我们握个手吧！"

两年后，我也当兵了，此后我终生在部队服役。但非常幸运，也非常遗憾，我从县城走到省城，又从省城走到京城，走到解放军总政治部所属机关，去过县人武部、军分区、省军区、大军区和北京陆海空各兵种、军种总部及野战军、集团军等无数个大大小小的军队大院，见过无数漂亮的似曾相识的女兵，都没有再见到她。

我知道，我再也不可能遇到她了。

那么，"她"是谁？我说不出来。我只知道她是从远方来的，我只知道我们还没有上车她就坐在车上；我们下车了，她仍然坐在车上，就像那个年代留下的一个悬念，一首歌。那种如梦如幻的感觉,像多年后我读到的李商隐在《锦瑟》中写下的诗句:"此情可待成追忆,只是当时已惘然。"

　　……许多年／又许多年后,我仍然记得她身上的那股味道／感到她好听的声音就像那天的雨／打在我心里:清澈、浑圆,亮晶晶的／许多年又许多年后,我老了,在城市的雨中／我发现每一张回头的脸,都那么似曾相识。

县中宣传队

1971年的春天到来了，我们进入高一年级的第二个学期。因为是县里唯一的一所高中，学校集中了全县最优秀的语文、政治和数理化老师任教。七年后我在江西省军区政治部宣传干事的位置上，大胆地走进中断多年的全国统一高考考场，就得益于在县高中打下的那点儿文化课底子。比如在语文课堂上，那时老师没有教材，学生没有课本，任课班主任谢庚华老师选择性地给我们讲了寥寥几篇古文，我牢牢地记得有《曹刿论战》《触龙说赵太后》《捕蛇者说》三篇；而这三篇古文，成了我参加高考全部的古代汉语和文言文的知识储备和训练。

出乎意料，学校还开设了音乐和地理课。音乐兼地理课老师姓陈，是与我们县相邻的著名将军县永新县人。他是从县剧团调来的，一米八几的大高个儿，英俊潇洒，风趣乐观，带着明显的永新口音，有点儿壮志未酬之后的玩世不恭。二胡拉得悠扬动听。上课的时候，他把二胡带进课堂，边拉二胡边讲音乐知识，把课堂气氛弄得非常活跃。我们这批半是城市半是乡村的高中生，普遍希望坐下来读点儿书，长点儿见识。陈老师教学的内容、风格和做派，说得上别具一格，让我们感到新鲜，有趣，好玩。再说，大家那时完成的初中教育，没有经过严格考试，基础都不扎实，彼此间成绩悬殊。一个学期正襟危坐地学数理化，许多同学，主要是我们这些乡村同学，都感到很吃力。音乐和地理课虽然排进了正规课程表，但不要考试，显得可有可无。大家就像小学生一样，都乐于上陈老师的课。

另一个原因，是他会吹牛，把子虚乌有的事说得绘声绘色，天花乱坠，经常逗得我们哄堂大笑。笑着笑着，明白他是在胡编瞎扯，满口跑火车，但同学们都不当真，就当听相声。比如他说全中国就数我们江西大，全江西就数他永新大，全永新又数他们家那个村子大，他们家那个村子又数他大伯的岁数大，但他大伯抽一袋烟还得请示他，经过他批准。"这就是说，全中国就数你……最大？"当我们发现他在吹牛时，其实已进入他的套路，这时再指出他的荒谬为时已晚。他呢，也不着急，坐在那里云遮雾罩地既不说是，也不说不是，只说信不信由你。我们当然不信，但没有底气和能力与他一"辩"高下。一方面他是老师，我们知道应该尊敬他；另一方面，我们当时的地理知识还真贫乏，南昌来的同学好一些，他们在省城长大，没有去过的地方至少听说过；我们当地的同学，没几个去过比邻县永新和茶陵更远的地方，有的连火车都没见过。因此，听完他吹牛，哈哈一笑之后，心里忽然一惊：原来他在这里等着我们啊！要想下次不上当，还得认真听他的课。

可想而知，陈老师的教学备受争议。有些老师很仔细地备课，很卖力地宣讲，时不时还拖堂，课堂上却有人打哈欠，有人呼呼睡觉；有人觉得无聊，在桌子底下悄悄传纸条。当校长表扬陈老师的课受学生欢迎时，没受到表扬的老师就说，拉拉二胡，讲讲笑话，那也叫教学？明明误人子弟嘛。

我就看见教我们语文、与陈老师同一间办公室的谢老师喊着他的绰号，当面奚落他，说海朵（陈老师小名），孩子们是国家未来的栋梁，你可不能教他们每个人演戏。他也不生气，说，喊，你们教语文，教政治，教数理化，就算呕心沥血，学生们愿意学吗？退一步说，就算他们学会了这些东西，有用吗？语文老师想想也觉得没趣，说也是，学这些有用吗？

我之所以亲眼看见两个老师抬杠，是因为后来我经常去他们办公室。

陈老师离开县剧团来县高中教书，不是因为当老师可以混进知识分子队伍，名声比做戏子好听；也不是因为县高中的待遇比县剧团好，可以提高级别或改善住房什么的。不，这些都不是原因。实际情况是，陈老师愿意来高中教书，是县剧团因为长期演才子佳人被批判，运动一开始就被砸烂了，几年来没人敢抓业务、敢排戏，演员和乐手们的业务都荒废了。县高中把陈老师请去教书，是县里的这所唯一的高中在停办多年后，重建了校舍，在"文革"中首次招生，集合了全县最活跃的一批青年学子。再就是，当时正值《红灯记》《沙家浜》等几个革命样板戏在全国上演，掀起了一个演革命戏、做革命人的新高潮。在县剧团迟迟未动的情况下，学校跃跃欲试，准备组建一支学生文艺宣传队，轰轰烈烈地在县里异军突起，希望弄出些动静来。这就想到了挖县剧团的墙脚，动员陈老师来任教。因为他既会演戏又懂器乐，既能当导演又能当演员，既有组织能力又有相当的亲和力。正好陈老师也不想在剧团待了，跟县高中一拍即合。他提出的唯一条件，是让他亲自去吉安市采购一批教学器材，在路过他的故乡永新时让他探一次亲。校长说他的要求合情合理，理应支持，于是大笔一挥，批给了他一笔还算丰厚的经费。

我是陈老师为宣传队最早选定的乐队队员。因为受父亲喜欢拉二胡的影响，我从小喜欢吹笛子。到了初中，吹得已是像模像样了。转到县城读高中，改走读为住校，在必须携带的行李中，我插上了一管极简陋和廉价的竹笛。

那时候高中毕业，是我们求学能获得的最高学历，读完高中就再不能升学了，必须上山下乡。因而期中和期末考试都是走过场，成绩分优、良、及格和不及格四个等级。老师不愿意把学生分成三六九等，学生也认为考多少分都是白搭，谁都不把成绩当回事。报纸上甚至树起了交白卷的典型，反对"师道尊严"，鼓励学生反潮流，吓得老师们不敢得罪学生，凡考试都能通过，不及格的基本没有。这样一来，早早晚晚谁还去上自习？谁还一门心思地啃书本？到了晚上，打牌的，下棋的，吹笛子和口琴的，拉二胡的，自娱自乐，你方唱罢我登台。陈老师打开窗门，远远听一耳朵，就知道该选谁来吹笛子，选谁来拉二胡。而唱歌、跳舞和演小话剧、小歌剧的，他在音乐课上耳听目测，早就有了目标。

不仅确定我吹笛子，陈老师还加官晋爵，封我当乐队队长。这与他同我们的语文老师坐在一个办公室有关。我说了，上了高中后，在占据半壁江山的南昌和城镇同学面前，我自惭形秽，存在严重的自卑心理，许多事自觉地往后退。但一个学期下来，因为偶尔吹过几次笛子，竟让陈老师和同学们注意上了；上文化课，我的数理化是弱项，拼不过南昌和城镇的同学，但语文还行，尤其作文给语文老师留下了不错的印象。想必在批改作文时，教语文的老师在办公室当着教音乐的老师，偶尔夸奖过我，这让教音乐的陈老师记住了我的名字，因而在考虑宣传队乐队队长的人选时，他触类旁通，很轻易便想到了我，而且很放心地把陈放乐器的那个小储物间的钥匙交到我手上。以后的事实证明，多少有些慵懒、善于做甩手掌柜的陈老师，是一个很会用人的人。想到宣传队成立后需要不断创作和翻印节目，必须有一个有一定的文字基础、字也写得比较工整的人做他的助手，帮他刻蜡版、发放新剧本和新乐谱；而这个人，他认为我比较合适。

用陈老师交给我的钥匙打开放乐器的那个小储物间，我当即傻了，就像刘姥姥进了大观园。又像《天方夜谭》中的阿里巴巴喊一声"芝麻开门"，山洞珠光宝气的门就开了，把人的眼睛都亮瞎了。真是这样，储物间里整整齐齐地摆放着陈老师在几个月前专程去吉安买回来的乐器，有钢琴、扬琴、手风琴、月琴、三弦、二胡、笛子、锣鼓等，大部分装在形状各异的精致箱子里，外面是柔软的或紫红或墨绿的天鹅绒贴面，散发出一股新鲜、刺激的味道，多年后我才知道是有害气体甲醛的味道。我打开未来属于我使用的狭长笛盒，三管华丽的笛子气定神闲地躺在那里。我只认出那支由一道道尼龙丝缠得像金环蛇的笛子是用竹子做的，另外两管用什么材料做成的都不知道，其中一管由两截组成，中间是一个金光闪闪的铜接头。这么时髦上档次的乐器，别说我从来没摸过，连见也没有见过。以前虽然在县城的会师广场看过来井冈山慰问的省歌舞团和济南6011支左部队宣传队的演出，但我根本没有机会也不可能跑到乐池去看他们用什么乐器。即使去看了，也没人告诉我那是什么东西。我小心翼翼地取出那支像金环蛇样的竹笛，找出笛膜贴上，试着吹了一下，就像放屁，噗一下再也吹不响了。

之后几个月，我像被那些崭新的乐器勾走了魂似的，一有机会就约上拉二胡的好朋友，钻进储物间去玩这些乐器。什么都玩一遍，都想过过瘾。拉二胡的好朋友如果不在，我一个人去，孜孜不倦。我尤其对钢琴感兴趣，感到它发出的声音那么洪亮和高贵，那么气势磅礴。这是我第一次接触钢琴，简单粗暴地在洁白的琴键上用钢笔标上1、2、3、4、5、6、7，一只手生硬地弹某首歌曲的旋律，一只手胡乱地打节拍，纯粹地乱弹琴。怕被陈老师听到或者突然撞上，弹一阵，跑出去望望风。其实陈老师心里根本没有这些东西，他交给我一把钥匙，就是要我经常去检查检查，免得乐器落满灰尘和失窃。

在这年的全县文艺会演中，陈老师带领我们县高中排演的一台节目，取得极大成功。在县里唯一的那座礼堂兼电影院连演三场，场场爆满。我们只有几样乐器伴奏的乐队不敢下乐池，搬几张凳子坐在侧幕伴奏。我几次撩开大幕往台下看，只见黑压压一片，一双双如饥似渴的眼睛闪闪烁烁。

当时我就知道，我们号称自己创作的这台节目，都是陈老师改编的，有的只是改了一个地名或者人名。记得有个表演唱《逛新城》，说一个正在城里上学的孙女带着她的爷爷在城里参观，边走边唱，宣扬城里发生了天翻地覆的变化。陈老师演爷爷，一个叫刘华华的漂亮南昌女同学演孙女。当兵后我在南昌看到过这个节目，原来是一个早已流传的藏族歌舞，名叫《看看拉萨新面貌》。陈老师把节目中的藏族改成了汉族。好在那时无论演什么节目，都不问出处，不署名。再就是，那时交通不便，消息闭塞，传播方式非常原始和落后，外面发生了重大新闻，只能听广播；如果是负面消息，只得口口相传，因此那时的小道消息特别活跃，老朋友见面常常窃窃私语。就因为这个原因。

那年年底，县剧团受到几个革命样板戏纷纷上演的鼓舞，依靠下放在县里的省歌舞团的演职人员，创作了一台反映井冈山斗争的大型歌剧。讲述一个叫周志刚的安源路矿工人来到井冈山发动群众，建立革命根据地，积极开展武装斗争。剧情跟后来大红大紫的京剧《杜鹃山》相似，都是根据邓洪的革命回忆录《潘虎》改编的。县剧团人手不够，向县高中求援。陈老师把我们整个宣传队带去了。到了县剧团才知道，演员和乐队都由省歌舞团下放来的人唱主角，他们的水准实在太高了，县剧团一个从北京某师部宣传队转业回来的台柱子，才捞到演周志刚的 B 角。我记得在乐队弹琵琶的，是一个姓蒋的既年轻又漂亮的女人，听说是上海人，不苟言笑，冷若冰霜。她怀抱琵琶高傲地坐在那里，像抱着一个秘而不宣的神话和传说；弹琵琶的时候，她的十根像葱白一样细嫩的手指，在琴弦上一阵阵跳荡，如同水珠迸溅。在这样一座舞台上，我们县高中业余宣传队的这些学生，只能跟着跑龙套做群众演员，演红军战士或敌兵甲乙丙丁，一句台词、一段唱腔都没有。我们在戏里出现，前面被圈在被迫为国民党军队修碉堡的铁丝网里，穿得破破烂烂的，一队队吭哧吭哧地抬石头，不时还要挨一鞭子；后来就演参加革命战争的青壮年，扛着炸药包或抬着松树炮，一次次从舞台的这边跑向那边。这次戴一顶红军八角帽，下次裹一条长汗巾，显示群众被极大地动员起来了，一拨拨投入战斗。最后在无数面飘扬的旗帜下纵情欢呼，欢庆胜利。

演完这个戏回到学校，我们惊愕地发现，大家忽然变得心猿意马。我说不清这种感觉，就是有点儿不由自主，有点儿想入非非，仿佛头顶的某根树枝上挂着一个果实，说不清它是苹果还是梨，是柚子还是桃子，就想去摘它，却够不着，跳起来也够不着。但就是想跳，想去摘这个果实。

或者像一只鸟，希望远走高飞，但不知道往哪里飞。

走进暴风雨

1972年冬季征兵开始了。虽然我是应征者，但作为一个吃农业粮的高中在校生来说，当时我实在如井底之蛙，对外面发生的事情什么也不知道。

老实说，我原本对参军不自信，不敢抱什么希望。原因在于我外公的阶级成分偏高，我伯父当过三个月旧政权乡丁。虽然家里的户口本上，母亲的阶级成分栏里还填着贫农；伯父的历史问题，因查无实据而不了了之。那时参军入伍的审查是何等的谨慎，何等的严格！只要有人旧事重提，向有关部门告一状，我就完了，有事没事先把我挂起来。因为我父亲作为一个下苦力的建筑工人，实在太卑微了，加上原本麻烦缠身的我伯父的所谓历史问题，我们没有任何抵抗力，只能乖乖地被人揪着不放。

与印象中威风凛凛的解放军战士相比，我对自己的身体也感到信心不足。当年我又瘦又单薄，背有点儿驼，晚上睡觉经常出虚汗，觉得体检肯定是过不了关的。班上的干部子女，无论是南昌下放干部子女,还是当地的干部子女,另外还有城镇居民子女,他们有商品粮托底,不像我们这些农村同学那般自古华山一条路,把当兵看成跳出农门的唯一救命稻草。他们当不当兵无所谓,即使挨到高三毕业,上山下乡,进的也是集体户,国家怎么也得给你一碗饭吃,饿不死。农村同学就不一样了,我们读书读到高中毕业,到时没的说,立刻卷铺盖走人,回乡种田,去生产队挣工分。接下来的日子如同山里的那些溪流,哪里是沙子,哪里有鹅卵石,水草间游动着几条小鱼,蹦跶着几只小虾,清澈见底,一眼就能看出来。无外乎半年或一年后找个老婆,然后给你生下一堆孩子,再然后孩子又顺理成章地重复你的命运。就像愚公移山那则寓言所说的,此后你祖祖辈辈,子子孙孙,挖山不止。

我的预感马上被证实了:学校组织学生去县医院体检,不用扬鞭自奋蹄,呼呼啦啦去了半操场。我一看,除了不招女兵没有女同学,吃农村粮的同学蜂拥而上,倾巢出动,差不多都去了。吃商品粮的也去了不少。一见县高中来了那么多学生,像闹事一般,打秋风一般,立刻有穿制服的人举起双臂,大声吼叫:"站队,站队!听我指挥,在我前面分两列纵队站好。"那时还没有军衔,干部穿四个口袋,战士穿两个,我们看见站出来的军人穿着四个口袋,不知道是个什么官,推推搡搡地就在他面前分左右两列站成纵队。另一个军人这时走过来,非常迅速并且非常果断地在我们站好的两列纵队中往外拉人,说:"你,你,你,还有你——出列!站到前面去!"从我们中间拉出来的人，一个个高高大大，龙精虎猛，面相也比较成熟。我们剩下的人还没有弄清楚怎么一回事，就听见带山东口音的武装部长举起一个电喇叭，对着我们这些一脸蒙的人喊道："就这样了，没有叫到名字的人解散，回学校读书去，明年再来！"

我们剩下的人都嚷起来，说哪还有明年啊，明年我们就毕业了，回家啦。带山东口音的武装部长陶醉在他的管辖区兵源充足之中，又举着电喇叭说："回家也可以当兵啊！这么的吧，你们想当兵是好事，我这个当部长的欢迎，热烈欢迎！告诉你们一个窍门，户口在哪里的回哪里去体检，就说我说的，每个乡镇都有征兵指标。"

我们挑剩下的人，忽然有一种云开雾散、如释重负的感觉，连忙围住武装部长，问自己所在公社哪一天体检。他从口袋里掏出一张表，提高嗓音大声念了一遍。我确定无误地弄清楚了，我所在的东上公社体检的日子就定在第二天。

当晚，我去县建筑公司见父亲，告诉他我准备报名参军，明天回公社参加体检。父亲并不感到意外，但脸色明显暗了一下，说你这体质，检得上吗？如果检上了，吃得了那种苦吗？

我对父亲说，我就想搏一下，碰碰运气。能去当兵更好，去不成也不失去什么。父亲看出我不甘心回家种田，一辈子当农民，说去吧，去吧，我不拦你。

从县城去我户籍所在的东上公社体检，必须走一条被拖拉机反复碾轧的黄泥路，在低矮的长满茅草的群山间绕来绕去。

我把回公社体检当成人生的第一次出征，打来满满的一盆水，在宿舍里仔细把身体擦了擦，早早地睡了。听人们说睡好了，心里镇定，血压正常，各项指标才不会出问题。

未料第二天早晨风云突变，电闪雷鸣，下起了我老家在冬天罕见的一场瓢泼大雨，天像要塌了似的。宿舍门口那条水沟瞬间便溢出来了，浊水横流，出门就得脱鞋子。我一时心里没了主意，去还是不去？天那么冷，冒着这么大的雨回公社，即使赶上了体检，也可能先被淋感冒了，身体能过关吗？犹豫间，突然想到去我大姨父那儿借自行车。就这一锤子买卖了，我对自己说，能借到自行车，说明天不灭曹，就回公社体检；如果不借，拉倒。

大姨父姓谢，新中国成立初期当过解放军，退役后被安排在县商业局工作，如今当着不知哪个部门的经理，刚配发了一辆崭新的飞鸽牌自行车。但他爱车如命，天天把车擦得锃亮。我学车才几个月，骑车有瘾，经常想着法子去借他的车过瘾。他借过我一两次，大多数时候不借，说这是公家的东西，不能私用。又说你摔坏了怎么办？赔得起吗？在这样的一个雨天去借他的车，我实在没有多大把握。但我咬咬牙，还是坚持着往前走。我想我明年就要高中毕业了，当不当兵是我自己的事，关系到我的前途和命运，而这么重要的命运转折点，我自己不去争取谁会帮我争取呢？

那个大雨滂沱的早晨，当我出现在大姨父面前时，他刚刚起床，正在屋檐下刷牙。我举着一把破伞，站在雨中向他借车。他抬头看看天,说开什么玩笑,下这么大的雨,我这么新的车,自己都舍不得骑,不借!尽管有思想准备,但我还是蒙了,站在雨中如遭雷击,眼泪唰地流了下来。你想啊,我是带着搏命的心理去借车的,他那么干脆地拒绝我,希望就这么破灭了,我该是怎样的沮丧?

大姨父刷完牙,发现我还站在雨里,眼里满是泪水,忽然有些于心不忍,说怎么还哭上了?不借给你车子这么伤心?下这么大的雨,我自己去上班都走路,你能怪我吗?

我说今天不一样,我想参军,必须回东上我们公社参加体检,再晚就赶不上了。

他的眼睛一亮,确实是眼睛一亮。因为他高度近视,两块眼镜片像啤酒瓶底那么厚,闹过很多笑话。母亲几姐妹和父亲几姑爷,都叫他"四只眼"。听说我借他的自行车,是去公社参加征兵体检,他态度大变,说这是好事,也是大事,不能耽误!说着,从裤兜里掏出钥匙,指着门前的自行车说,骑走,快骑走!下雨路滑,小心点儿。

天无绝人之路!骑上大姨父的这辆飞鸽牌自行车,我抬起头像狼一样嗥叫一声,眼泪喷薄而出,真有"泪飞顿作倾盆雨"那么点儿意思。那时雨还在哗哗地下,从破伞上漏下的雨,顺着我的脸颊往下流,分不清是泪水还是雨水。

出了县百货公司,我把那把破伞扔进大街边浑黄的水沟里,顶着暴风雨飞车而去。无论是水泥路还是黄泥路,只听见两个车轮在泥水里狂飙突进,像电风扇那般唰啦唰啦地响。

说 服 力

我高中那些农村同学,来自全县的各个犄角旮旯,有的离县城十几里,有的几十里。最远的,来自永新县三湾,就是毛泽东当年带领秋收起义的队伍在那里举行著名改编的地方,是县里的最西面,邻县的最东面。一个村子两三户人家,是司空见惯的事。对外联络全凭一个接一个带口信,不可能随叫随到。正因为联络不便,对我们这些回乡参加征兵体检的同学,学校网开一面,允许待在家里等消息。当时也没有耽误功课一说。

那是个冬阳融融的日子,我等到了接兵部队张连长来家访。

大队民兵连长头天晚上来我家送通知,说接兵部队要家访了,希望我提前做点儿准备。还问我要不要给我父亲打个电话,让他回来。我说不需要,我自己能应付。到第二天,我连母亲也不让她在家,要她正常参加生产队里的劳动。我说过我母亲胆小怕事,我担心接兵部队的人问到她的家庭成分时,她会害怕得不知所措。

来访的张连长，福建人，脸特别黑，右边脸颊靠近下颚的地方，长着一大块比脸更黑的胎记。我始终不知道他叫什么名字，家访时也不敢问，后来又没机会问。看见他那么黑，我想他带兵一定很凶，很厉害，士兵们都怕他。陪同他来的是公社和大队两级武装部长，都笑嘻嘻的，任凭张连长用他感兴趣的各种问题考我，盘问我。由于我一直在学校读书，未列入公社和大队的基干民兵名册，也没有参加过任何军事训练，两级部长对我不怎么熟悉。

操着我听起来很吃力的福建口音，张连长问我话了，露出一口白牙，让我非常惊讶。更惊讶的是，他说话非常和蔼，粗中有细，而且看得出来，他对我挺感兴趣的，好像是有备而来。在问过我的家庭成员和在学校的基本表现后，他问我，当兵怕不怕苦，怕不怕打仗，怕不怕流血牺牲？我认真地回应他希望得到的答案，说自己是个理想主义者，相信家国天下，当祖国需要的时候，愿意精忠报国，马革裹尸，青山处处埋忠骨。我还说，我们井冈山是一块洒满烈士鲜血的土地，井冈山的后人从小接受红色传统教育，坚定继承红军遗志，在革命道路上立志创造自己的功勋。部队有句话我非常喜欢，叫养兵千日，用兵一时。因为我读了十几年书，掌握了一些知识，如果祖国召唤我，批准我参军，我愿把我所学的一切贡献出来。我还有话要说，张连长打断我说，好了好了，这些我都知道了，你胸怀远大，我非常欣赏。但这个问题就谈到这，下面我想听听你有什么特长，希望当什么兵？

说到特长，我的心里有点儿发虚，想到既不能让他失望，也得给自己留有余地，免得给对方留下夸夸其谈、喜欢吹牛的印象。便说，张连长，你都知道了，我就是一个农村高中生，不能跟城市的学生比。人家见的什么世面，我经的什么风雨？我不敢说我有什么特长，但与我那些同学比，只有两个方面，我觉得我可能有一些优势。一是我会吹笛子，在学校宣传队担任乐队队长。二是文笔还可以，我写的作文常常受到老师表扬。不料，张连长对我会吹笛子压根儿不感兴趣，一下跳了过去，直接对我说到的文笔不错穷追不舍。你有写作特长？他兴致勃勃地追问道，这个我感兴趣，你能不能形容一下你的文笔怎么个还可以？到了什么程度？我说，这个我不敢说，也说不准，你可以去县高中问问我的语文老师。他说，这个就免了，我知道你在县里读书，但县高中不是我们东上公社的征兵范围，我没有权力去问他。那怎么办呢？我有些着急，说我只能告诉你，从初中到高中，我的作文在班里还是数得着的，经常被老师拿来当范文读。在班级，只有南昌下放来的个别女同学，有时比我强，有时两个人差不多。还有呢？他盯着我问，说，能不能举一个例子？我说还有，还有……我最近参加了省里发起的歌唱井冈山诗歌征文活动，写了一首诗，叫《会师广场春雷动》，我的语文老师说挺不错，准备给地区和省里推荐，希望能被选上。

还有呢？张连长热情不减，步步紧逼，他显然对我举的例子感到缺乏说服力，希望能找到更有说服力的例子。

这太为难我了，我憋红了脸，进退失据，在犹犹豫豫、慌慌张张中，破釜沉舟，最后鼓足勇气说，我写过一篇作文，评论革命样板戏《红灯记》，题目叫"从容对敌，巍然如山"。我的老师不相信是我写的，说我是从《人民日报》上抄来的。我不服，打死我也不承认，因为我根本没有抄嘛。你说一个农村孩子到哪里去抄《人民日报》？我看得到《人民日报》吗？语文老师就去县文化馆翻资料，查几年来的《人民日报》。查了不知多久，也没有查出个结果来。

张连长哈哈大笑，说小刘同志，你给我说实话，你到底抄了没有？

没有，我说我真没抄，绝对没抄。我们的语文老师很厉害的，脾气大，我哪里敢在他面前撒谎？

张连长说，你们这个老师是不是从工农兵选上来管理学校的？

我说不，他是我们县公认最厉害的笔杆子，从县委宣传部下来当老师，跟省报下放来的几个名编辑和名记者长期共事，与他们不相上下。又说，在我们学校，他的威信很高，很有水平，是我最佩服、最喜欢的语文老师。

张连长认真看着我，反复说，噢？这个有点儿意思，这个有点儿意思。

家访结束，他重重拍了拍我的肩头，说，好小子，你行，我说你行你就行。

参加体检后，我心里忐忑不安，既怕身体不合格，又怕政审节外生枝；既渴望戴上大红花敲锣打鼓地被送走，又怕突然公布的名单上根本没有我，到时灰溜溜的，被同学们耻笑。但张连长离开我家后，回想他说过的每句话，他脸上从始至终的表情，他最后拍着我的肩头，对我的肯定，我觉得我可能给他留下了比较好的印象。到底是个农村孩子，当时我的阅历有限，不知道部队最不缺的就是吹拉弹唱的人，因为那时大学不直接招生了，城里的孩子都想去当文艺兵，找个拉二胡、吹笛子和跳舞的人，易如反掌。但有写作基础的人却凤毛麟角，少之又少，偏偏部队最重视新闻报道和文艺创作，特别是新闻报道，每个团都有新闻干事，每个营都有报道组，每个连队都有报道员。年终评功评奖，新闻报道被排在突出的位置，成绩优异的个人，立功受奖。张连长此行，原来是打着灯笼找这样的兵。

父亲，不哭……

父亲提着一个猪头，从村子正前方的那条田野小路上，一路哭着回家。

从县城回五里路外的我们这个村子，可以走从县城去东上公社我体检走过的那条黄泥路，天晴的时候路面宽阔、平坦，但需要绕一个大弯，多走两里多路。再有就是走我父亲现在走的这条小路，途中需要翻越一座高高的山，据说山上有一个女吊死鬼，穿着白衣白裤，常常坐在那儿梳头。胆小的人，尤其良家妇女和年轻姑娘，都不敢单独走。站在山上，高瞻远瞩，回头可以看见县城，迎面可以看到"文革"中我们被改名为东风大队的三个自然村。而我家所在的前门村，过一座木桥就到了。桥下的河水很浅，淌水也淹不到膝盖。

下午村子里一传十，十传百，说我父亲翻过山坳后，便在能看见有人耕种的田野小路上大放悲声，呜呜哇哇，哭得跟个女人似的。小路从刚进入冬眠的田野里弯弯曲曲地穿过，在山脚下的稻田里干活儿的人，听见我父亲的哭声，抬起头喊他的名字，问他哭什么。父亲哭得更厉害了，说，养儿做什么？读书有什么用？我的大儿子，就是上高中那个，体检上了，要去当兵了。

在地里干活儿的人就说，噢，恭喜啊，当兵多好的事！政府贴出的大红标语上说"一人参军，全家光荣"。我父亲停下说，当兵光荣？你家儿子为什么不当兵？

问话的人被噎住了，才弯下的腰又站直了，没好气地说，你哭吧，使劲地哭，得了便宜还卖乖。

父亲不想争辩下去，提着猪头继续往回走，继续哭。

他那年三十九岁，把儿子养得比自己还高，还壮，就要送儿子去远方当兵了。如果发生战争，士兵理应去流血牺牲，因此做父母的哭几声，是人之常情。而且，哭在我井冈山的故乡，除去表示悲伤，还表示痛惜、怜爱、舍不得。有些哭，还可以表现欢乐，是喜极而泣，比如女儿出嫁，就有哭嫁一说，并哭成了一种古老的代代相传的风俗习惯，母亲和女儿哭得越来劲，越死去活来，越说明他们之间感情深厚，难舍难分。不过，像我父亲这样为儿子当兵哭得那么认真，那么张扬的，真不算太多，因此人们一时还不习惯。但他们已经听出我父亲的哭意味深长，哭里面有文章，至于文章的具体内容却说不清，道不明。例如，它可能提醒人们，这荣耀对他来说特别重要，不能被人们轻视，当耳旁风。或者还有扬眉吐气，否极泰来，终于可以不受人欺负的意思。

回头想一想，父亲也是该哭，因为这些年他们三兄弟在村里被人整得死去活来，他最后只好高挂免战牌，与世无争地去县建筑公司讨一碗饭吃，勉强养家糊口；还有我母亲的成分长期被人揪着不放，全家人跟着担惊受怕，过得太不轻松，太不容易了！现在儿子被批准参军，就要在全村、全大队、全公社和全县，敲锣打鼓，被挂上大红花，享受最隆重的欢送，这说明我们通过了最严格的政审，过去被人抓住不放的事不再是事了。因此，父亲是要把这荣耀哭出来，把许多年的委屈哭出来，把从今往后的理直气壮哭出来。

远远看见父亲提一个猪头，一路哭着过了村前的木桥，摇摇晃晃地进了村，我喜出望外，意识到我参军的事是铁板钉钉了。没听到确切消息，父亲一个大男人会当着那么多人的面这样哭？再说了，当下物资紧俏，买什么都必须凭票，父亲提一个猪头回来，一定是找了在商业局当经理的大姨父，买回来准备招待几天后为我送行的亲戚朋友。

父亲一进家就告诉我，他在街上碰到了武装部的人，他们主动告诉他说我体检通过了，政审也没有问题，过两天公社就会来送入伍喜报。我说，这是多好的事啊，我就在等这一天，你哭什么？

父亲一惊，说，我怎么能不哭呢，你要去那么远的地方，几年见不到。

我说，有多么远啊？不就是南昌嘛！连省都没有出。之后没好气地叮嘱他说，不要哭了。

父亲说不出话来，把猪头放在厨房的灶台上，对我说，告诉你妈，等我回来再收拾，我先去渡头你姑姑家走一趟，告诉她这个消息，她最喜欢你了。

望着父亲的背影，我的心里陡然升起一股深重的怜悯。这就是我父亲，我们的父亲！我想，他活得多么小心，多么猥琐、狭隘，多么随波逐流。中国农民善良、本分、老实巴交，他同样善良、本分、老实巴交；中国农民有什么缺陷，他同样一样不缺地有什么缺陷。我特别不舒服的是，他享受着儿子当兵的荣耀，这无可厚非，但却用这荣耀去平复内心曾经的创痛和失衡，回击那些他认为曾经欺负过他的人，看不起他的人。正因为这样，我压根儿就不想在村子里待下去了，不愿重复父辈们的生活。我想走出去，走得远远地。即使走不到大地方，也要走出这个小地方。

父亲去给我唯一的姑姑家报信后，我也离开了家，去我以后还会写到的生产大队开大会和放死人的新祠堂，见一个人，让她分享我的喜悦。

上海女知青

她叫童莉，上海女知青，1968年来到与我们东风大队相邻的前进大队插队落户，不久前，经县教育局委派，在我们东风大队刚开办的民办小学任代课老师。东风大队民办小学的办学条件非常简陋，用全大队最宽敞的新祠堂戏台后面的那几间堆放杂物的破房子当教室；从四个生产队五个自然村召集来二十来个孩子，分三个年级上课；老师就童莉一个人，哪个班她都教，哪门课她都上。

我认识童莉非常偶然，用得着"不打不相识"这句俗话。

童莉和几个看上去有些横蛮和吊儿郎当的上海男知青插队落户的前进大队，"文革"前叫席塘大队。我在这个大队的乡村小学从一年级读到七年级。为什么还有七年级？我前面说过，那是因为"文革"的到来，地处县城的那所全县唯一的先是只有初中，到20世纪60年代初才有高中的中学停止招生了，各地小学的六年级毕业班无法升学，只好加开一个毕业班。至于毕业班上完怎么办，只能走一步看一步。

我就是这个毕业班的学生,并被荣幸地选拔为当时最时髦,而且每个单位无一例外组建的毛泽东思想宣传队。就是这个当年很原始很简陋但又很狂热的宣传队,在我这样一个十二岁的乡村孩子鸿蒙初开时,唤醒了我对文艺的热爱。后来我上了站在席塘小学门口的操场上就能看见的公社乡办初中,继续成了中学毛泽东思想宣传队一员。有一天,我们来到席塘小学的操场上为群众表演节目,这时我们原来的小学校舍成了改名后的前进大队上海知青安置点。节目才演了两三个,几个凶悍的男知青突然从屋里蹿出来,推推搡搡地赶我们走,说我们吹吹打打地吵了他们睡觉。我们理直气壮地跟他们说理,他们哪里听得进去,竟蛮不讲理又粗暴地对我们动了拳头。

在这些见过大世面的上海知青眼里,我们这些乡村中学生的吹拉弹唱,哪里入得了他们的法眼?后来老师们分析说,他们可能就是一些混日子的不良青年,从上海来到这么贫穷落后的地方插队落户,个个牢骚满腹;他们欺负我们这些孩子,只是找个理由发泄心里的不满和愤懑而已。

我的嘴角被重重地打了一拳,鲜血直流,嘴唇和牙龈马上肿了起来。记得我当时就哭了,既被吓得不轻,也确实疼痛难忍。带队老师忙着与动手的上海知青据理力争,我边哭边蹲在地上吐出一口口的血。我在宣传队吹笛子,心里想嘴巴都肿成这样了,下一场演出还怎么吹啊。

童莉就在这时出现了,她急急忙忙地从屋子里出来。看见她的男同伴跟当地的学生动手了,她气得满脸通红,愤怒地呵斥他们，骂他们，用身体拦在我们面前。她说的是我们听不大懂的上海话，但脸色严峻，穿过镜片的目光爱憎分明，看得出她在谴责她那些男同伴的粗暴行为。她虽然个子小，戴着一副近视眼睛，显得文文弱弱的，但在知青中很有威信。男知青们被她骂退了，有的直接被她推开了。看见我蹲在地上，嘴角在流血，她马上走过来，仔细察看我的伤情，掏出手绢帮我一遍遍擦去嘴角的血。还让我站起来，张开嘴，看看是否打掉了牙齿。在她面前我不好意思再哭了，可止不住哽咽，她把我揽在怀里，一下下拍着我的脊背，说不哭不哭，我们不理他们。

我就在这时记住了上海女知青童莉，记住了她身后那座对一个乡村孩子来说无比神秘的大城市。话还可以反过来说，童莉就这样进入了我的成长历程，她身后的大上海就这样以它的浩大和神秘，开始了对我的迢遥召唤和神奇诱惑。以后两三年，我虽然没有再见到她，但我记住了她痛斥那几个男同胞的样子。

在这前后的日子里，另两个上海女知青比童莉更近，更频繁地进入了我的视野和生活，让还在学校读书但正进入青春期的我，因为她们的存在，常常变得莫名地兴奋和失落。

她们一个姓宋，一个姓董，跟童莉他们在同一时期来我们东风大队前门村插队落户。从理论上讲，两个上海女知青从此成了我们村里的人、我们这个生产队的普通社员。我不仅知道她们的家在上海，还知道在上海的闸北区。

两个女知青的到来，在村里引起一阵阵骚动。人们兴致勃勃地打量她们，谈论她们，以纯朴憨厚的心态接纳她们。

生产队在队部腾出一个房间供她们居住，让她们自己碾米，种菜，做饭。可她们从来没有单独生活过，吃粮没有计划，每年春节回上海都要拖到来年的四五月份返乡；由于才离开学校，两个人看上去个子不小，都是大姑娘了，其实刚刚初中毕业，正值豆蔻年华，什么农活儿和家务活儿都不会干，结果稻谷堆在屋子里发了霉，菜地里长满了草。队委会没有办法，号召各家各户接济她们。但乡亲们过得够苦了，粮食年年闹饥荒，等待吃返销粮，实在给不了她们多少帮助，弄得两个女孩子饱一顿，饥一顿，经常用酱油泡饭，以饼干充饥。村干部怕她们因吃不上饭跑到公社和县里去告他们的状，追究他们的责任，选了个人缘好经济条件也不错的社员家，把粮食和菜金拨过去，让她们搭伙。那户人家房子比较宽敞，让她们把家也搬过去，跟他们同吃，同住。两个女知青被安排在二楼一个采光和通风条件比较好的房间里住，窗户正对着我家门口的柴垛。

许多年后，我穿着军装考取江西大学哲学系，班上有近十个上海知青，支部书记是从江西偏远的铜鼓县老区考来的。我开学初当班长，与他是工作搭档，关系很好。有一次跟他聊起我记忆中的上海知青，他说嘿，说是知识青年，实际上大多数人插队落户时没什么知识。你想啊，大部分知青是初中生，在"文革"头两年上的学，读了什么书？他还说，上海差不多家家户户有孩子上山下乡，插队落户，如果不是当地政府帮着，迁就着，家里咬着牙供着，他们中的大多数人尤其是女孩子，连饭都挣不到吃。我告诉他，我们村的上海知青来自闸北区。他说闸北区是上海产业工人最集中的地方，当年到处是棚户区，根本没有人们想象中的高楼大厦、灯红酒绿。他们插队落户的孩子，在生活上有多拮据、多难，是想象得出来的。听完这席话，我不胜唏嘘。

回到许多年前，回到生在千百年来坐井观天的偏僻乡村那个读了点儿书，最远只到过邻县永新和茶陵的孩子心目中，上海知青，具体到我在不打不相识中偶尔遇到的童莉，和来我们村插队落户、住在我家邻居楼上的小宋和小董，那该是一种天上人间的存在！或者换一个角度，此刻站在你面前的两拨人，这边是我这个十二三岁的乡村孩子，那边是白白净净的上海女知青童莉，还有小宋和小董——当然，这是在整整五十年前，那时不仅还没有改革开放，也没有当年看来如同神话的动车、高速公路、经济小区，更没有如今即使最普通的家庭都拥有的彩电、冰箱、空调、录音机和录像机，甚至小汽车，等等。你说大上海在一个乡村少年的心目中应该是一种什么样的存在？他能想象得出来吗？他敢想象吗？那么，从上海来的女知青呢，她们在我这个乡村孩子的心目中，该是怎样的漂亮，怎样的优雅，怎样的明媚和妖娆？

真是这样！上海知青的到来，特别是几个我亲身接触到的上海女知青的到来，她们年轻，漂亮，肌肤胜雪，说着一口好听但难懂的吴侬软语，身后藏着一个我和我的乡亲们怎么想象都想象不出来的大都市；她们当年给我们带来的惊叹、艳羡、倾慕，还有男人们的想入非非，女人们的自惭形秽，是今天的人们无论如何也想象不出来的。"啧啧啧，两个洋妹子长得几白，几标致哟，她们的肉都能吃！"当村子里的老光棍说出这句话时，虽然曾引起哄堂大笑，但笑过之后再回味，你又不得不承认，这个听起来傻傻的但却是神一样的比喻，是只有打了一辈子光棍的人才说得出来，想象得出来的。再有，小宋和小董相互间说上海话时，整天"阿拉阿拉"的，村民们干脆叫她们"上海阿拉"，叫小宋"宋阿拉"、小董"董阿拉"（多年后，童莉来到我们东风大队民办小学教书，大家也叫她童阿拉）。记得村子的中心巷子里放着两根准备用来做房梁的剥了皮的巨大杉木，被夏夜穿着短裤打着赤脚来乘凉的人们坐得光溜溜的，如同包过浆似的。每当月色如银，晚风习习，只要小宋和小董两个上海女知青坐在那里，村里的小伙子和姑娘们都会期期艾艾地凑过来，跟她们谈天说地；没吃完饭的端着碗就来了。冬天的夜晚去队部记工分，如果两个上海女知青都在，围着她们仿佛比围着炭火还温暖。在她们的莺声燕语中，无论说什么事，无论说到那件事挺好玩还是不怎么好玩，大家都听得津津有味，满脸冒傻气地望着她们，憨憨地笑。庸常日子，当她们住在二楼的那个房间亮着灯，或者没有亮灯，但从窗口飘出来她们听起来深情款款，其实是忧郁思乡的歌，从巷子里走过的人都会停下脚步，抬起头来看一看，或者低下头来专注地听一听。

年纪大些的人也有他们的关注点。有一天,我看见一位大妈望着她们在大门外的竹竿上花花绿绿地晒出一些小衣服,百思不得其解。那是她们的胸罩,那位大妈看了半天,琢磨了半天,摇摇头不解地说,咦,那么小的两个小袋子,用来装什么呀?

在农村怎么上厕所,对小董和小宋来说,是一个非常现实的问题。因为在我老家的农村,各家有各家的厕所,而且不分男女,通常只有一扇破破烂烂的门,蹲在里面,外面的人瞄一眼就知道你是谁。再者,村里人内急了,无论离得多么远,都要回到自己家里的厕所解决,所谓"肥水不流外人田",说的就是这种现象。

小宋和小董刚来村里时,村里就有人自作多情地为她们怎么上厕所发愁。这些人嘴上不说,有的嘴上说,同时又在暗中观察:那么细皮嫩肉的人,她们和村里人一样地吃喝,也一样拉撒吗?拉撒出来的,有没有不一样?

迎着村里人火辣辣、有些惊奇也有些猥亵的目光,小宋和小董她们和所有的城市女知青一样,其实早有对策。她们才不去蹲那种不分男女,臭烘烘的,粪坑里翻滚着无数白花花蛆虫的厕所呢!到了夜里,村路坑坑洼洼不说,还有凶狠的汪汪叫唤的狗,还有一不小心就可能踩上的蛇,多么危险!而她们在上海的爸爸妈妈早想到了这一点,在为她们打点行装时,便设身处地地为她们准备了一个搪瓷痰盂。进了知青点,或者住在老百姓家里,凡是女知青需要上厕所,无一例外都是用自己带来的痰盂解决问题。到第二天，勤快和讲究点儿的，趁四下无人，天不亮就端出来倒了。谁家的粪坑干净往谁家倒。懒一点儿的，非要等到满了才端出来，这是最让她们难为情的时候，都怕在路上遇上行人。

小河淌水

从来没有名字，我至今记得在我们村前流过的那条小河，它的水是那么清澈，流淌的姿势是那么优美；小河流淌时发出的叮叮咚咚的声音，是那么悠扬，那么动听。每天早晨和傍晚，妇女们老老少少，各执一个木桶或竹篮，在河边垫着的几块麻石上捣衣，洗菜。这是村里最热闹，最儿女情长，也最多是是非非的地方。捣衣其实是来清凌凌的河水里漂洗在家里洗过第一遍的衣服，那时虽然已经有肥皂了，但乡亲们一般不用，也用不起后来那些花花绿绿的洗涤用品。衣服都用米汤浆过，或者用草木灰搓过，再提到河边，用清澈的河水漂一次，这样洗干净的衣服用嘴能舔出淡淡的米香来。经太阳一晒，真正称得上挺括，搓一下哗哗响。叠好的衣服棱是棱，角是角，如同烫过。用河水洗菜，相当于用露珠洗菜，清新，自然，鲜嫩；把洗好的菜提回家，如果半路上遇到左邻右舍有话说，站在路边随便聊几句，篮子里的菜会等不及似的，噌噌噌地探起身子来，继续往上长。到了将要过年时，男男女女到河边来洗锅碗瓢盆和吊在灶火上熏黑的腊肉，用谷壳一遍遍地擦，转眼露出橙黄和瓦亮的质地。众人也在河边剖鸡，剖鸭，剖鹅，当血水和碎肉顺河水流淌，立刻有一群群的鱼涌上来，争抢随河水漂流的残渣，顿时既有河水哗啦哗啦流动的声音，也有随波逐流的鱼噼啪噼啪摇头摆尾的声音。

  儿时像用刀子刻在脑海里的，是夏夜在河里捕鱼的情景。消息最早是从孩子们的嘴里传开的，晚上匆匆扒几口饭，把碗一丢，就往河边跑。肯定不穿鞋，不洗脚，都跑到河里去洗。这时上游被截断了，眼见得河水往回落，原本清澈见底的河床渐渐地露出了已经洗得纤尘不染的鹅卵石和雪白的沙，鱼们在干枯的水中惊慌失措地逃窜，此起彼伏地在月光下闪闪烁烁，一条河上上下下发出哗剥哗剥活力四射的声音。赶来抓鱼的男人和孩子，个个提一个鱼篓，手握手电筒，追着哗剥哗剥的声音走。夜渐渐地深了，如同河水一样清澈的月光在这个时候显得格外亮，格外白，格外静。记忆中，这是最容易让人发呆，让人心驰神往的时候。河水依旧闪闪烁烁，依旧发出或噼噼啪啪或哗剥哗剥的声响，给人感觉是万物肃静，天空开始哗啦哗啦落白银。

  小河为什么能被齐腰截断？河水流到哪里去了？这是必须要交代的，而我接着的诉说，正是要还原当年的那条河给我带来的无尽欢乐和遐想。其实用不着卖关子，是我们村前的这条小河当它快要从我们村前流过时，花开两枝，突然变成了两条，一条往村前的这边流，一条往对面流，中间形成一个河心洲，洲上有田有地，有一片片随风起伏的芦苇。对面那条河因为不靠近村庄，没有人洗各种各样的脏东西，流得更清澈，更幽静，同时也更隐蔽。

我要说的是夏天从田野里劳动回来，特别是双抢季节割完稻子回来，浑身被草叶刺得痒痒的，如何洗澡成了上海女知青小宋和小董遇到的又一个尴尬问题。在这里，我要告诉你，在夏天我们村里的男人们洗澡，一般都是烧大半桶热水，站在固定的某个无遮无拦的屋角，把自己脱得赤条条的，挺着个白花花的肚子，像烫猪一样哗啦哗啦地浇，边浇边发出一阵阵舒服死了的稀稀溜溜声。谁从那里路过，让眼睛大快朵颐或者目不斜视，都不关他的事。女人们当然不这样，女人们一般用一个大木盆，那是她们作为嫁妆从娘家带来的，躲在屋子里悄悄地洗，洗完把盆里漂着零星油花的水，哗地泼在大门口，热气腾腾的。

小宋和小董怎么能接受这里的男人和女人的洗澡方式？几十年过去了，这里的男人却还是脱得赤条条的，站在光天化日之下洗澡。这在上海女知青们看来，无异于耍流氓。但她们自己要洗澡怎么办？当然是夏天从稻田里劳动回来后洗澡，她们想出的办法是，迅速回到家端一个搪瓷盆，放上干净的毛巾、香皂、梳子、镜子和换洗衣服，去村庄对面的那条清澈的小河里洗。

不用说，此时已是黄昏，到了村庄对面那条清澈幽静的小河里，因为有渐渐笼罩的夜色和一层层的芦苇遮挡，小宋和小董就不客气了，她们也像剥笋一样，唰！唰！唰！把被汗水浸泡得如同一层皮肤那般贴在身上的衬衣一下扒下来，然后一丝不挂地跳进河里，舒舒服服地洗，里里外外地洗，像洗一件瓷器，洗一件舍不得穿但偶然穿了一次的衣服，连腋窝、耳朵根都不放过。从鹅卵石上叮叮咚咚流过的河水，沁凉，舒爽，有一股淡淡的甜味，比而今的矿泉水还纯粹，张开嘴就能喝。人泡在河里，被流水轻轻柔柔地抚摸、亲吻，别说有多么惬意！

天渐渐地黑下来。刚还麻麻亮时，透过一片片芦苇，可隐隐约约地看见找牛的人、赶鸭子的人、喊贪玩的孩子回家去吃饭的人，在朦胧的夜色中影影绰绰，来来往往。也有个别人有意无意地靠近那条河，靠近河边那一片片芦苇，想看到那两个白花花的身影。小宋和小董才不怕呢，她们该笑还是放心大胆地笑，该在河水里把白白嫩嫩的身子放心大胆地泡着，还放心大胆地泡着。她们知道，那个别的人，无论怎么靠近那条河，靠近那一片片芦苇，但什么也看不见，更看不清，除非他们的眼睛是用放大镜和显微镜做的。

不是多年前遗忘在抽屉角落的那一枚／也不是寂寞地躺在路边的草丛里／懒得弯下腰去拾捡的那一枚／我说的是时光。那年我十二岁，还是一个／青衣少年，愣头愣脑地跳进故乡的水潭里／野游。水清得能数清河底的鹅卵石／但我突然呛水了。我惊慌失措。我感到我的肺／就要炸裂。我拼命扑打着往水面上钻／水底的涡流像撒野的村妇，死死／扯住我的小裤衩，在我的仓皇逃离中／放肆地嘲笑并羞辱我的稚嫩／我的孱弱；我作为一个孩子尚未展开就被／扑灭的年少轻狂。当我死里逃生／趴在岸边的岩石上，嗷嗷吐着灌满一肚子／的水，这时我看见了我遗落在水里的／一枚硬币；它影影绰绰，像一小朵明亮的／阳光，一段美丽但瞬间即逝的早恋……

在一根竹子上挖掘战壕

客观地评价小宋和小董，我认为她们各有所长，都是村民们能接受的人。小宋老实、勤恳，嘴特别甜，姿态放得比较低，对谁都笑眯眯的，具有上海知青中难得一见的朴素和脚踏实地。她跟别的知青一样，从未干过农活儿，对我们井冈山下的这个偏僻山乡的农耕方式和生活习性，没有任何概念。但她愿意学，愿意放下身段融进忠实憨厚的农民行列中。穿着也不怎么讲究，换洗衣服就两三套，专门用一身穿旧的衣服当工作服，每天劳动回来脱下来挂在门口的竹竿上，第二天继续穿；大半个月才洗一次，衣服上沾着斑斑点点的泥巴。对结伴而来，与她同吃同住，朝夕相处的小董，有足够的包容性，比如在生活中她愿意多出力，争论问题到了不相上下时，率先后退一步；也不在背后议论同胞，别人问起小董来，都说是她的好姐妹，书读得比她多。如此种种，在村民的眼里是非常难得的，因而相互走得越来越近。生产队长向上汇报，说这个女孩儿积极上进，做好了长期扎根的准备，值得好好培养。

就有人问小董，为什么不向小宋靠近？小董回答五个字：阿拉学勿来！

小董跟小宋的个头差不多，长得比小宋白，比小宋娇嫩和漂亮。脸颊舒缓、光滑，呈现出精致的弧线。在没见过几个上海人的村民们眼里，是个大美人。可能从小家境比小宋好，她不如小宋那么愿吃苦，给人一种懒懒的，做什么事都不急不躁的印象。肯定是家里舍得补贴她，对在生产队能挣多少工分根本不在乎，更别说养活自己了。她觉得在我们这样的一个穷乡僻壤，只能有一天过一天。生产队稍重一些的活儿，或者刮风下雨的天气，需要戴斗笠、穿蓑衣，她往往闭门不出；还有插秧、耘田，活儿虽然不重但有蚂蟥，她会找理由逃避。双抢的日子，村里无闲人，小宋动员她去做做样子，哪怕坐在树下乘凉也可以，这时她才会去勉强干几天。晚上回来累得不想动，不想吃，去河边洗澡还是小宋拉着去的。对待未来，她的态度是找个能养活自己的人嫁了，不求日子过得多好，多有品位，能过下去就行。

插队落户两年多了，小董有一半的日子待在我们村就不错了。她每次回上海过春节，都要拖到四五月份才回来，像搬家一样带来许多大包和小包，连零食和草纸都带得足足的。她嫌当地产的草纸太粗糙，太不卫生，怕用出不可预知的什么病来。住在村子里，她也是三天打鱼两天晒网，今天去县城逛逛街，明天去某地会会同是知青的朋友，或者干脆躺在床上睡大觉，百无聊赖地打发岁月，消耗青春。

村里的老百姓勤劳，善良，纯朴，温顺，像地里的庄稼和原野上的草那样默默无闻，也像地里的庄稼和原野上的草那样有力气就站起来，没力气就倒下去。对两位女知青，他们既高兴看到小宋的谦逊上进，也容忍小董的甘于平淡。他们说，两个"阿拉"响应毛主席的号召，千里迢迢来到我们这里插队落户，整天受苦受累，多不容易啊。人家也是父母生的儿女，不知道爸爸妈妈多心痛呢。再说，如此娇弱的女学生，在生产队上百号劳动力中，多她们两个不感到多，少她们两个不觉得少。让她们去干活儿，走在田埂上摇摇晃晃的，站都站不稳，下到田里看见蚂蟥便大呼小叫，恨不得拔腿就跑；上山更是前怕狼，后怕虎，碰到一条毛毛虫都会吓得哇哇大哭，不如让她们在家歇着。最让大家普遍赞赏，甚至在心里生出些感激来，是这两个女孩子老老实实，安分守己，从不与知青中的那些不三不四、横眉竖眼的男人来往，更不会把他们招惹到村子里来，省了村里多少事！

可能是读过三年私塾的缘故，又因娘家的阶级成分问题总是被人纠缠不清，我胆小又善良的母亲对小宋和小董特别同情。两个女知青住集体户的时候，看见她们被蚂蟥咬了，或者被草叶割破了手脚，生活过得狼狈不堪，可怜巴巴的，母亲会主动帮助她们，时不时给她们送一把新鲜蔬菜。小宋和小董过完年从上海回来，一定会来家里给母亲送大白兔奶糖或其他小零食。一来二去，她们也认识了正在乡办初中读书，不常在村里出现的我。如果在半路碰上，她们会停下来说，嘿，中学生，有什么好看的书吗？我说你们想读什么书呢？小说还是其他什么？如果是小说，我帮你们去借。

老实说，在我们前门村，再扩大一点儿，在我们由四个生产队五个自然村组成的东风大队，新中国成立前我不知道，新中国成立十几年后，除了一人考取地区农校，还没有出过一个像模像样的读书人。"文化大革命"破"四旧"，立"四新"，挖地三尺，我也没有看见从谁家搜出一本线装书来。毕竟是知识青年，小宋和小董来我们村插队落户，如果想借一本书看，或者找一个多少有些见识的人聊天，非我莫属。见面有别于村庄里的其他年轻人，她们叫我"中学生"。

1970年夏天，小宋和小董来我们村插队落户的第三年，我在公社乡办中学读二年级。学校建在一片乱葬岗上，6月底的一天，一场罕见的狂风暴雨把学校的礼堂兼饭堂吹塌了。为尽快重建礼堂兼饭堂，学校放假了，号召学生们自带工具，去挖校园周围乱葬岗上那些无主坟墓的砖头，由施工队五分钱一块收购。这比购买新砖既快又便宜，且省心省事。

有天晚上回到家，我为挖了那么多的坟墓，把那么多前人的骨头抛在荒野，感到羞愧，拿出竹笛倚在门口的柴垛上乱糟糟地吹着。曲调是听小宋和小董在夜深人静的时候唱过的《看见你们格外亲》。后来小董给我送过一张当年在知识青年中非常流行的那种照相版的电影歌片，名片大小，香喷喷的，这时我才知道这首歌是由部队歌唱家马玉涛唱红的。但那么悠扬温馨的歌，那天却被我吹得愁云惨雾，分外的悲苦和凄凉。你想啊，我们一个个还在读初中的孩子，什么事不好干，怎么兴师动众地去挖人家的祖坟？尽管是没人认领的孤坟野坟，但如此惊动百年前的亡灵，多么缺德，多么不人道！

吹着吹着，小董敲着窗棂喊，中学生，你吹什么吹？上来！

我好像在等待她这声呼喊，握着笛子就往邻居家跑。邻居一家坐在厅堂的竹床上乘凉，正嘻嘻嘻哈哈地说着什么，我没给他们打招呼就往屋里冲，踩着厅堂后厢的板梯嘭咚嘭咚上楼。年轻漂亮的小董开着门，套着一件松松垮垮的睡衣，盘腿坐在床上。她的对面是小宋的床，但小宋去县里开知识青年上山下乡积极分子代表大会去了，用草席把被子卷了起来，露出看得见木纹的杉木床板。小董让我坐在小宋的床上，自己弯下腰去够放在床下的一只硕大的饼干筒。饼干筒是圆的，没有抓手，滑溜溜的，她够了好几次都没有够着。我走上前去帮她，刚走近她，看见她两只雪白的乳房在宽大的睡袍里，一蹦一蹦地摇晃，像两只受惊的鸽子，仿佛马上要张开翅膀，扑棱扑棱地飞出来。原来天气闷热，她刚洗过澡，为图省事没有戴胸罩，低下身子往床底下够饼干筒的时候，两只乳房在开得很低的睡袍领口里若隐若现。

我一下怔住了，不敢睁眼看她，心在七上八下地跳。

小董意识到她走光了（那时还没有这个词），慌忙坐正，把因宽大而下垂的领口往上提了提，脸上日落西山红霞飞。但她迅速找到了平息尴尬的话题，说，中学生，好好的抒情歌曲，你干吗吹得那么悲惨，好像要哭似的。

我忘了刚才的窘迫,告诉她和同学们在乱葬岗挖坟的事,说心里烦透了。

她冷静下来的脸,又风起云涌,忽然不客气地说,你们这里太原始,太落后了!你应该走出去,走得远远的。

我说是啊,我是想走出去。你看我那么多的同学都说读书无用,读多少书都要回到村里来参加劳动,但我还在读,就是不甘心。但你知道,我的父亲就是一个普普通通的农民,他去了县建筑公司当工人,也和农民不相上下。也就是说,我没有任何背景和门路,怎么走出去?走到哪里去?沉默一会儿,我反过来责问她,我说小董,要说走出去,你最应该往外走,最应该回到你们上海去,怎么还待在这里?

她咬着下唇沉吟良久,说,是啊,我是想走,是想离开这里,但没有办法,熬吧,我只有往下熬。

许多年后,我把与几个上海女知青交往的心路历程写成一首诗,其中有以下两句——

我在一根竹子上挖掘战壕
梦想攻打上海

我本将心向明月

父亲在灶台上放下猪头，急急忙忙地去他的姐姐——我唯一的姑姑家，我知道他真正的用意，是替我找对象。他认为，这是一个父亲在这个时候最应该做的一件事。

又要说到我的故乡长期以来形成的传统心理和习惯了。这是由当兵就要打仗、打仗就会死人衍生而来，当谁家接到政府敲锣打鼓送来的入伍通知书，村子里风行的做法是，在此后至入伍前的几天，最多个把星期，往往以最快的速度给孩子说一门亲事。如果有事前谈好的，马上择日完婚；倘若没有目标，紧急托媒人或亲戚朋友寻找，一般在两三天之内确定关系并谈婚论嫁；即使来不及结婚，也要扯了结婚证，晚上先睡在一起。这样做，浅层次是为了拴住儿子，让他懂得自己已经是一个有家室的人了，当完三年兵早早回来，不要耽搁。但真正的用意，是让女人在这几天迅速怀孕，给男人留下一儿半女，即使出去当兵真的遇上战争，英勇牺牲了，家里还有人替他接续香火。还有，参军的人在故乡留下了女人，"一人参军，全家光荣"也就落到了实处。而男人一去当兵,村里的妇女主任,有时是大队的妇女主任,就将由当了军属的这个女人担任;每年过春节,民兵连长都会带着男女民兵,敲锣打鼓,去给军属的家里热热闹闹地挂红灯。红灯上有"光荣人家"的字样。

军人的感情遭遇,是个永远不会过时的话题。到部队后,我听到许多老兵讲起他们的这些经历,有的津津乐道,也有的对天长叹。

父亲那么急切地去见他的姐姐——我唯一的姑姑,正是看好了她家的姑娘。不要误会,我姑姑是二婚。她第一次嫁的是一个脑子有毛病的人,存在严重的暴力倾向,姑姑经常被打得头破血流。她受不了了,果断地离婚了。第二次婚姻她跟随的新男人,半路死了妻子,给他留下两个女儿,其中的二女儿长得水灵灵的,性格极温顺,很像《渴望》里的刘惠芳,在农村算是很稀罕了;而且很勤快,做事任劳任怨。见过她的人都说,将来她嫁人,一定人见人爱,将成为一个难得的贤妻良母。姑姑进到那个家就喜欢上了这个女儿,对她视如己出,时时处处善待她。在心里,姑姑早把这个女儿许给我做妻子了。

姑姑给父亲说起过此事,父亲拍手称快。但那时我刚上高中,他知道我心高气傲,不甘心娶一个农村女孩儿,没敢答应。现在我应征入伍,而且是从公社这条线走的,断定我是在回乡务农的最后时刻认命了。作为父亲,他想他必须趁热打铁,给我把路铺好。

我说过我当兵要回来吗？看穿父亲的用意，我心烦意乱，立即去见童莉。

必须说清楚，我报名参军，高中的路走不通，改从公社走，不是我对命运的屈就，而是一种迂回；或者，是一种绝地反击。到这个时候，我大字不识的父亲已经猜不透我的心思了，进入不了我的内心世界。他不知道这时候我同他的差异，是价值观的差异，也是将来做什么人，希望过什么日子的差异。实话说，对前程，我多少有些悲观，但胆子比过去大了，眼界比过去高了。我已经下定决心破釜沉舟，一定要走出去闯荡一番。

我本一无所有，没有什么东西可以失去。

就是这个原因，我对父亲马不停蹄地去为我找对象嗤之以鼻。不是我不喜欢那个姑娘，也不是因为她没有姿色和品位。不，我对天发誓，我的心里根本没有这么阴暗，我的品行也没有这般粗鄙和卑劣。我甚至不屑这么想。我真正害怕的，是为了延续香火，年纪轻轻的就急若星火地与某个女人成婚，图只图像动物那样发泄自己仿佛憋不住了的欲望。我觉得这太庸俗，太低级，太土老帽，太对人对己不负责任了；同时，我也害怕自己的一生被一时的轻率和不过脑子，过早地固定、限制和毁灭。

谁都知道，走出去就有机会，就有无数种可能。现在我以参军方式走出去，唯其光荣而道路宽广，前途无量。我只要在部队努力奋斗，踏踏实实勤勤恳恳地干，一程一程地走，一关一关地闯,希望就会一天比一天大。最糟糕的结果,是苍天负我,让我功败垂成,遍体鳞伤,但我也认了。

就是在这时,我发现自己是个内心狂野的人,这一生注定要远行。天命难违,这是没有办法的事,在生我养我的故乡,包括我的父母、我的乡亲,包括故乡的山冈、大地、树木、飞鸟、走兽……我觉得没有谁能懂我。唯有跟正在民办小学代课的上海知青童莉还说得上话。可能是一种潜意识在起作用,有话,我就愿意对她说。

童莉（一）

从乡办初中毕业到县城读高中的第二年，应该是五六月的一个周末，我回东风大队前门生产队我的家里背米背菜，在进村的路口看见一个女人提一只红色塑料桶，迎面走过来，去河边洗衣服。与她交错而过时，我突然有一种异样的感觉。

在我的印象里，这是一个从未在我们村里出现过的女人。我们这个叫前门的村子兼生产队，只有三十户左右人家，不到二百人，每张女人的面孔，哪怕是新嫁过来的媳妇（那时没听说拐卖妇女儿童），我都能认出来。尽管我从初中到高中一直离开村子在乡里或县里读书，但离家不远，星期天和寒暑假都回家过，对村里的人一清二楚；即使两耳不闻窗外事，对家长里短置若罔闻，每次听父母在饭桌上闲聊，对村里的人和事也知道个大概其。关键是眼前这个女人，她的肤色、穿着、气质、走路的姿势，还有从她身上洋溢出来的那股城里人的神态，都让人眼睛一亮，不像是用本地的水土滋养出来的。

说不上漂亮，也不能说不漂亮，我忽然觉得在哪儿见过她，绝对见过！你看她的个子不高，一米五六的样子；脸是圆的，如一盘葵花；小鼻子小嘴说得上精致，如同手艺不错的工匠用雕刀雕出来的；眼神泰然自若，稍稍有些高傲；乌黑的头发编成许多条辫子缠绕在头顶，用许多小夹子夹着。身材优雅，轻盈，像一阵风徐徐吹过来。

童莉！我猝然停下，冲着她的背影脱口而出。她一惊，情不自禁地收住脚步，回身疑惑地望着我。这我能理解，两年前，我与她在他们前进大队知青点门前的操场上相遇时，正遭到他知青点的上海男知青殴打，虽然她出来努力地护着我们，为我们说话，当场痛斥那几个对我们野蛮动粗的男知青，还帮我擦去嘴角的血，把我搂进她怀里，但当时我毕竟只有十五岁，还是一个未长开的初中生；现在我十七岁了，长成了一个一米七多的大小伙子，身子像新笋那般蹿了起来。我们村里的人猛然见到我，都感到惊奇，何况是她？

我几步走到童莉面前，说出了我的名字，提醒她，我是两年前在他们前进大队知青点门口被她搂在怀里那个因无辜挨打而嘴角流血的孩子。

啊，真的吗？真的吗？一时还未从老师身份回到过去的童莉，非常吃惊的样子，当即放下塑料桶，亲切地拍打我的肩膀，用已经掌握了七八成的我们当地的方言反复说真的吗？真的吗？惊奇得有几分恍惚。那年的事发生得那么突然，那么激烈，我们都气坏了，没来得及问你的名字，她继续说，没想到才过去两年，你长这么高了！又说，怎么样？还在读书吗？

我说是的，我还在读书，去年去县城耷市读的高一，这是第二个学期。

好！有书读就好，这是最好的。她忽然想起什么，问：你家在这个村子里？

是啊。我说，但我弄不懂，你为什么在这？

童莉说，你还不知道啊？你们东风大队刚办民办小学，到处找不到代课老师。公社干部找到我，问我愿不愿意来，我说愿意，就到你们这里来了。

好啊，祝贺你当老师了！我说，我们大队在什么时候，在哪里办民办小学？我真不知道。

在新祠堂啊！新祠堂你总该知道吧？她说。

在新祠堂？！我大吃一惊，那里能办小学？

怎么不能？她说，办都办起来了。

那你住在哪里？住在大队部，还是住我们前门或后门村的谁家里？

我说过，我们这个过去叫桥头的大村子，有基本连在一起的三个自然村，其中前门和后门村紧密相连，以一条路为界。作为三个村的公共场所，新祠堂就建在这条路走到底的山脚下，路的尽头就是祠堂的大门。前门和后门两个村子往外走，村前有一条小河，河上有一座小木桥。河流靠村庄一边，以木桥为界，上游和下游的河边各放着几块麻石，两个村子的妇女阵线分明地在小桥的上游和下游洗洗涮涮。童莉是村子里来的新人，所以抄近路，穿过我们前门村去河边洗衣服。

童莉告诉我,她既没有住在大队部,也没住在我们前门或后门村的哪个村民家里,而是足不出户,就住在民办小学所在的新祠堂里。她强调说,住新祠堂上课方便,每天可以早早起来迎接孩子们。

我吓了一跳,说你怎么可以住新祠堂?那个地方怎么能住人呢?千万不要住!

为什么不能住人?童莉说,我不是住了吗?

就你一个人住?我说,有没有谁给你做伴?

当然就我一个人,因为就我一个老师啊。童莉理所当然地答道,好像我提出这样的问题,对她住新祠堂感到大惊小怪,是一件不可思议的事情。不信你自己去看看嘛,她说。

我把想说的话咽了下去,然后问她,下午你在吗?我去看看你。

她说在啊,白天晚上都在。又说,我新来乍到,什么人也不认识,还能去哪里呢?

童莉（二）

童莉突然冒出来，说她在我们东风大队民办小学任代课教师，就住在新祠堂，让我大吃一惊，是有原因的。不是她没有能力当老师，也不是当村小的民办代课老师委屈她。我是觉得让她一个人住在新祠堂，太残忍，太恐怖，太欺负她是外地人了，尤其像她这样一个纯真的上海女知青。

新祠堂由我们原来的桥头大队轰轰烈烈地建于1958年，后来，这里成了全大队举行群众集会、县剧团下乡巡演和大一些的自然村庄自发组织的采茶戏班子轮番演出的场所。到了"文革"，又成了开批斗会的地方。再就是作为三个村的宗祠，用来停放死人和举办葬礼的地方。

我对新祠堂的建造过程没有留下任何印象，雪泥鸿爪和吉光片羽的印象都没有。我寻找其中的原因，可能与新祠堂建造时，我们前门村的奉先堂还在有关。另外两个村庄也有自己的祠堂。我猜想，三个自然村是经过漫长流变的三个小宗族，过去都有送别亲人和供奉先人的宗祠。因为社会主义新农村的演变过程，也是不断地清除封建社会残渣余孽的过程，祠堂的宗族功能逐渐淡化，比如我们村的奉先堂就被改造成为生产队队部和粮食仓库。1958年，桥头大队的大食堂在刚建起来的新祠堂办失败了，接着各生产队办了一阵小食堂。我们前门村生产队的小食堂就是在奉先祠办的。印象中，我们村的这个祠堂不算大，也没有在外面看过的那些祠堂那般森严和宏伟。外面的祠堂不仅有老祖宗留下的戏台、匾额、壁画，还有齐刷刷地插成一排供宗族子弟们操练并用于自卫的刀械棍棒。大厅的正中有先祖的一幅幅像菩萨一样肃穆的画像，祭祀的香炉长年烟雾缭绕。而这些，在我见过的奉先堂里都没有。

记得是秋收时节，父母们都去收水稻了，不断有壮劳力挑着满满的一担刚刚收割的稻谷走进来，过秤后倒在天井后面的大堂里。夹杂着几片稻叶的新稻谷黄澄澄的，散发出山野的芳香。偶尔有蚂蚱从稻谷里蹦出来。用做小食堂的厢房此时正飘过来竹筒饭的浓浓香味。我们这些聚集在祠堂里的孩子一个个饥肠辘辘，正在焦急地等饭吃，那真叫馋涎欲滴。但父母们没有回来是不会开饭的，因为饭是给作为壮劳力的他们准备的，没有我们孩子的份。我们就像一群窝里的小鸟，等待父母把吃进嘴里的吐出来喂我们一口。万般无奈中，我们纷纷爬上谷堆去捉蚂蚱。

所谓竹筒饭，是以大小不一的两种竹筒盛上米，放上水，放到大蒸笼里去统一蒸熟的米饭。这是我们井冈山一带乡村为解决劳动力的粮食定量想出来的一个办法。男人用大些的，女人的小一号。竹筒是用截断的新毛竹做成的，蒸熟的饭有一股新竹的香味。爸爸妈妈们虽然自己也吃不饱，但都会省一半给自己的孩子。或许因为当年过度饥饿，这是我此生吃过的最香甜最记忆深刻的米饭。如今吃最好的东北米和泰国米，都吃不出那种香味。

非常奇怪，我对新祠堂的记忆和对奉先堂之后的失忆，几乎在同一时间断开和接续的，仿佛它们具有连续性或者存在某种因果关系。我怀疑故乡三个村子的宗祠，是按照某个意志在某一天统一消失的，比如"文革"到来了，上级号召移风易俗，不能让封建社会留下来的那些雕梁画栋的建筑存在下去了。偏偏那时候村里穷，而这时又进入用机械碾米的新时代，生产队没有钱盖新队部和极大解放劳动力的碾米房，只能拆东墙补西墙。

记忆中，敲向新祠堂的一路凄厉的铜锣声，也是从这时开始的。

这是我们当地不知从什么年代流传下来的旧习俗：老人们寿终正寝了，净完身，穿好寿衣，谁家都是卸下一扇门板，抬往祠堂装殓。儿女们在死者的身后一路敲铜锣，边敲边喊父亲或者母亲，你一路走好，不要牵挂家里，我们会懂事的，会好好过日子。这样做，一是告诉村里的人某某人走了，二是寄托儿女的哀思。

从20世纪50年代末到70年代初，十几年过去，三个村子有多少人死去，就有多少人把新祠堂当成他们生命的最后驿站。如此一来，新祠堂在胆小的妇女儿童心目中，便成了一个阴森可怖的地方。别说晚上住在那里，即使大白天走进去，也让人汗毛倒竖。有些孩子不听话，哭闹不止，做父母的常常一脸庄严，说再不听话，再哭再闹，我就把你丢到新祠堂里去！孩子立刻脸色大变，再不敢哭闹了。

在童莉出现的前几个月，为给村里的一个老人送葬，我还进去过一次。里面潮湿、破败、荒凉，地面长满青苔。墙上坠着一条条细细的一阵风吹过来便在微微飘动的流苏和蛛网。听见动静，蟑螂和潮虫唰唰地往砖缝里钻。往大堂后面那几个房间走，脚都迈不开，里面横七竖八地堆着"大跃进"时用过的水车、双人双铧犁，还有黑黢黢的为老人们准备的棺材。水车断了龙骨，双人双铧犁锈迹斑斑，层层叠叠摞着的棺材，阴森可怖。

沿着两边贴墙而上的木楼梯上楼，踩一脚尘土飞扬。二楼与一楼有着同样大小的几个房间，里面空空荡荡的，朽蚀的窗户无遮无拦，一群群麻雀轰的一声飞进来，轰的一声飞出去。窗外立着几棵成妖成精的古樟，粗壮的主干长满寄生植物，苍劲的枝叶有风无风都在摇曳。到了晚上，在月光的映照下，屋子里鬼影幢幢，让人毛骨悚然。最瘆人的，是三个村子的人死了，都往这里抬。想想一个个老人死去的样子，不禁让人头皮发麻，脊背发凉。

童莉（三）

想不起来那天的阳光是否明媚，三十九前那个夏日的午后，当那个涉世未深的高中生走在去新祠堂看望童莉的路上，我至今仍然记得他身怀怎样的悲悯和惶恐。他感到他正走向一座巨大而冰冷的墓穴。虽然他并不害怕，他一步步向前行走的双脚没有任何的游移，但无法不为在一天中将再次见到的这个女人感到凄凉。他不敢说自己爱上她了，直到今天他依然有勇气承认，当初他如果抱此心理，纯属非分之想。但他并不否认，那个姿色相当平常，看上去并无过人之处，而且正在命运的旋涡中挣扎的上海女知青，那时候对于他，确实有着一种不可抗拒的吸引力。

那天中午在家里的饭桌上，通过询问母亲，我得知东风大队做出把新祠堂腾出来办学的决定，为的是紧跟形势，不让一个贫下中农的孩子失学。议论到以记工分的形式聘请代课老师时，大队干部深入四个生产队五个自然村，听取所有初高中毕业回乡和上海知青的意见，但十分遗憾，没有一个人站出来。他们不是嫌待遇太低，就是觉得去阴森森的新祠堂教书太吓人了。还有其他原因，比如我们前门村的两个上海女知青小宋和小董，小宋因为表现积极，正被推荐去县轴承厂当工人，不愿放弃这个跳农门的机会；小董回上海过年，此时还赖在家里。打电话让她回来，她说除非去县城教书，解决正式编制，否则她不考虑。大队把情况汇报到公社，公社只好在更大范围遴选。在前进大队插队落户的上海女知青童莉，就在这时站了出来。

大队没有钱对新祠堂进行翻修，就将新祠堂从上到下，里里外外打扫一遍，把陈放了十几年的破水车、破铧犁全部清出去。然后贴出安民告示：此后三个村子死了人，再不能往新祠堂抬了，拒不执行者，按破坏教育革命论处；附近几家村民陈放在祠堂里的棺材，马上抬走，一个都不能剩，否则按无主处理。

给代课老师收拾出来居住兼办公的房间，在二楼，正对着右边的楼梯。还是因为穷，学校只养一个老师，不请校工，代课老师的一切生活自理。

童莉照单全收，因此一个人住在新祠堂。她用自己从上海带来的一个煤油炉做饭，烧水。屋子里散发出重重的煤油味。孩子们放学了，她青灯黄卷，一个人待在那儿备课，批改作业；一个人在那儿吃饭，睡觉，读远方亲人和朋友的来信。实在寂寞，实在害怕，实在熬不住了，她打开朝向后山的窗门，一个人对着山冈大声唱歌。

那天下午，我穿过新祠堂空旷、破败、荒凉、过去用来开大会、放死人的大堂，走向戏台后面那几间曾经用来堆放水车、双人双铧犁和棺材，如今用来办学的屋子，踩着步步惊心的木楼梯上楼。

脚下响起吱吱嘎嘎的声音，我的心陡然悬了起来，有一种随时可能一脚踏空的感觉。乡下的木楼梯都这样，南方湿气重，充满水分子，木制品在多雨的春季和干燥的秋季热胀冷缩，踩上去自然而然地发出某种声音。你在本来就心惊胆战的心态中，会显得更加紧张。如同我此刻，就像去会见一个孤魂野鬼。

童莉听见脚步声出来迎我，站在楼梯口一声不吭。我猛一抬头，看见两条腿劈开竖在上方，吓得我一阵哆嗦，差点儿从楼梯上滚下去。

我在她飘满煤油和粉尘味的房间里坐下来，看见墙上涂过一层白石灰，窗门和玻璃是新装上去的，窗框杉木条上的木纹清晰可见。床是极简单的那种杉木床，两端各有一个T形架子，用来支撑蚊帐。进门那堵墙壁下放着一桶水，一个脸盆架。脸盆架上放着一个搪瓷盆，晾着一条花毛巾。办公桌是学生们用的一张稍大的课桌，桌子上整整齐齐地放着一摞摞作业本和两瓶红蓝墨水。在作业本和墨水瓶之间，像一个房间的主题，放着主人的一帧黑白照和一面镜子。一根在两面墙上斜拉着的铁丝上挂着几个她从上海带来的塑料衣架，各种颜色都有，不经意地泄露她与一座城市的关系，因为乡下人是从来不用衣架的。几个衣架在颤颤摇晃，我猜想她刚刚把上午洗过还没有完全干，但不便让男孩子看到的内衣内裤临时收了起来。

好像午睡醒来不久，她有些慵倦。我坐下后，她给我端来一杯白开水，自己坐在床沿整理有些蓬乱的头发，熟练得纯粹出于本能。我看见她从头上拔下一个卡子，咬在嘴里，把头发捋顺后，再卡回去。如此循环往复，她把全部头发都整理了一遍，把所有的卡子重新卡回去，才停下来。

童莉的这种整理头发的方式，很好地平息了人们能够想象得到的一个当地农村土生土长的高中生，与一个上海女知青事隔两年后再次见面时的那种局促和慌乱。何况我们第一次见面，是在那样猝不及防、那样狼狈的情况下。她大我大概五岁，换句话说，一个大我五岁的上海女知青，与一个小她五岁的当地男孩子，横亘在我们中间的物理和心理距离，我无法在一瞬间跨过去。

上海女知青把头发整理好之后，以她大我五岁的经验和阅历，把我们相见的气氛很自然地调节到轻松随意的位置。她也像我们村的上海女知青小宋和小董一样，喊我中学生。她说，哎，中学生，你怎么样？她边说边拉过一个凳子，坐在我身边，目光温存地望着我，读高中跟读初中感觉有什么不一样？

我说当然不一样，高中不仅是在县城读，而且比在公社读初中各方面正规多了，条件也好多了，主要是老师和同学都换了。我告诉她，在我的高中同学中，有许多南昌下放干部的子女，他们比我们这些农村同学见多识广，成绩也普遍比我们好。

她说，这是很自然的事。从初中到高中，从乡村到县城，意味你进入了一个更大的天地。将来如果有机会往外走，天地会一个比一个大。

说到将来，我目光黯淡，情绪迅速低沉下来。我说，其实我们都看得见，脚下的路走到县城就要断了。这你知道，所有的人高中毕业后都得回乡参加劳动或插队落户。

交谈沿着这个方向进行不下去了。沉默了一会儿，我愣愣地，对她轻易接受民办代课老师一职，一个人孤零零地住在破败的新祠堂里，表示极大的不理解。我说小童，不仅我，就连我们村里包括我母亲在内的那些农村妇女，都百思不得其解：你一个上海知青，一个弱女子，胆子怎么这么大？你不知道这里十几年没有住过人吗？不知道整个东风大队附近的三个村子过去死了人，都送到这里来停尸和出殡吗？不知道人们一次次谈起这里，如何毛骨悚然吗？一个民办代课老师，值得你这么奋不顾身？

一张白净的脸瞬间涨得通红，童莉沉默良久，接着镇静而认真地对我说，中学生，求求你了，千万别吓唬我。关于我住新祠堂，怕不怕死人，说到底就是怕不怕鬼的问题，我必须这样告诉你：我是以一个成年人的处境和处事态度接受这份教职的，你却是用一个孩子，顶多用一个中学生的目光看我。所以，我要批评你的少见多怪，幼稚可笑。坦率地说吧，我需要这个位置，并不觉得住在这里有多么可怕。我认为，你读了这么多年书，放在过去，应该是一个乡绅了，现在也算一个小知识分子，还相信世界上有鬼吗？又说，我为什么不能来当这个民办教师呢？教教孩子们读书、认字、唱歌、画画，日不晒，雨不淋，总比在生产队劳动轻快一些，更有价值和意义一些。像我这样一个弱女子，在生产队能出多大的力呢？乡亲们说，多我们一个不多，少我们一个不少，还真是这样。可是在这个民办小学少我一个，就没有人来教这些孩子了。你一定知道，我一个前进大队的人，为什么来你们东风大队民办小学代课？是你们四个生产队五个自然村，没有一个人站出来接这个民办教师。如果我也不来，请问这些孩子怎么办？让他们长大也当文盲吗？

我被童莉的这番话镇住了，彻底镇住了！原来她什么都知道，但她反复说服自己，铁下心当这个挣工分的代课老师，是从心里为这些孩子着想，关爱这些孩子，以便让他们学文化，受教育。她也不是什么傻大胆，不是境界有多么高，就是觉得自己应该这么做，也基本做得到。有些生活中的事，比如人们通常害怕死人、墓地、殡仪馆、鬼屋等，说到底，是心理障碍在起作用，是自己吓唬自己；所谓鬼魂，谁见到过？当然，如果你身临其境，心里害怕也难免。就像她住在新祠堂，只能鼓励自己战胜恐惧，往好处想，往神圣的事业上想，也为自己的未来想。否则，一天都坚持不下去。

想到这些，我在心里佩服她、同情她，对她心生敬意。然而，就像她是我的什么人似的，我还是觉得她不该出现在这里。

童莉的泪水唰地一下流了下来,她说,你让我赖在上海不回来?你以为我赖在上海,一年年拖累父母和兄弟姐妹,心里会比住在这里更好受?告诉你吧,我想,她强调说,我真这样想,既然上山下乡了,我们把户口都迁出了上海,在你们这里安家落户,那就要正视现实,想办法让自己振作起来,努力寻找未来的出路。不然,你让我这漫长的一生怎么度过?怎么面对一个个即将遇到的问题?正因为这样,在我看来,当民办教师也是我的一个机会,一种人生尝试。相信你不会否认,你们这里的教育非常落后,人们的知识多么贫乏,还真需要有人来改变它,对吧?而我觉得自己有这个能力,也希望大队、公社,还有县教育局,能看到我有这个能力。这就是我的出发点:试着对自己狠一点儿,逼一下自己。

我说,对自己狠一点儿,逼一下自己,当然好。但这是什么地方?平时有学生上课还好,到了星期天,大白天也空荡荡,阴森森的。到了晚上,像上演《夜半歌声》……意识到话又拐到原来的路上去了,我马上打住,说,难道你不想走出去,就像你刚才对我说的,走到一片更大的天地去?

她笑了,惨淡地笑,说我当然想走出去,走到一片更大的天地去,但路要一步步地走,一程一程地走。一开始可能有泥泞,有荆棘,必须穿过一条崎岖小道。就像我现在的情况,你想躲是躲不开的,只能强迫自己接受它,适应它。

那我祝福你早日走出泥泞,早日走过这条崎岖小道。

谢谢!她咬牙切齿地说,我想我会的,我一定会的。

入伍通知书

我接到入伍通知书，终于有机会走向一片更大的天地时，童莉仍在新祠堂当她的代课老师，教她的民办小学，仍然住在那个令人谈虎色变的鬼地方。

童莉来到东风大队新祠堂担任民办代课老师的一年中，因为离得近，有许多说不完的话题，我们越来越频繁地聚在一起聊天，都是在我回村背米背菜的节假日。那时即使我在县里读书，读很正规的高中，学校也没有完全恢复秩序，不仅全国没有，连全省都没有统一的课本；上课的内容，都是任课老师自己写的教案，基本不布置课外作业。星期天回到家里，米和菜有母亲准备，家务事不要我做，我经常去童莉那里坐坐，聊聊天。

她自然欢迎我去，希望我陪她过个星期天。平时闹闹嚷嚷的新祠堂，在星期天出奇地静，只有鸟儿在她窗外的古樟上飞来飞去，发出清脆的啼鸣。我去了，她在煤油炉上坐一壶水，把寻常紧紧关着、害怕飞进来绿头苍蝇的窗户完全打开。在山风的吹拂下，我们纵论南北，谈天说地，淡淡的友情中加上一点儿书卷气，再加上一点儿我在青春荷尔蒙的驱使下对她的倾慕，她可以自由轻松地享受时间的暂时停顿，或者说以另外一种方式流淌；我也可以朦朦胧胧地面对慰藉心灵的一道神奇的风景，还有童莉身后那座真实存在但对我而言却处于虚幻中的城市。我承认，这种把各自控制在相应距离上的交谈，是舒服的、愉悦的，既各取所需又各得其所，有一种莫名的快乐。

我们谈些什么呢？谈国家的事、县上的事、村里的事，或者他们知青中的事，我们学校里的事。事后回忆起来一地鸡毛。但她没有居高临下，对我形成覆盖之势；我也没有在哪个方面比她占有先机，让她惊叹，钦佩。许多年后回头看，除去我们截然不同的生长环境之外，我们受的教育，读的书，经历的人情世故，世态炎凉，不存在特别明显的差别。用一个形象的比喻，我们的分子基本相同，不同的是分母。但我们又不是谈婚论嫁，作为生长环境和家庭背景的分母不同，那有什么要紧呢？其中的奥秘，我想，我们都有内心的迷惘，现实的无奈，因而我们是平等的，拥有相同的自尊和对未来的向往。当然，我们也有相同的苦闷：不知道未来的哪片天空将属于自己。

这年的暑假，连续十几天，我们都在这样的氛围中度过。

到年底，我足足十八岁了。指出这一点很有必要，常言说十八岁要远行，后来的事实证明，我正好在十八岁这年远行，虽然当时没有任何的迹象。

一个十八岁的农村孩子，哪怕正在高中读书，在暑假也是要干点儿活儿的。如果回到家里什么也不做，游手好闲，村里人会戳着我的脊梁骨，骂我二流子。其实，我是一个不懒的人，一些我选择性干的家务，干得还挺漂亮。比如说砍柴，我从小就经常上山干这活儿。由于我算是这方面的内行，两年后当我在一座叫梅岭的山上当兵而需要砍柴时，我几乎一骑绝尘。而这年的暑假，我就肩扛一把斧头，腰系一把柴刀，上山去砍柴了。

不用说，井冈山下我的老家，到处山高林密。到我懂事时，山上依然郁郁葱葱，生长着许多可以用来做独木棺的巨大树木。浩瀚的森林一点儿也不逊于我许多年后在大兴安岭见过的那些白桦、美人松和獐子松。我们砍柴，一般砍长在杉树林里的松树，它们是杉树林里的杂树，在与杉树林争夺阳光和雨水中，同杉树一样长得又直又高。我们砍下来做劈柴，在门口像塔一样架起来晒，空气中散发着一股好闻的松香味。

那次我借了我伯父一把斧头。我伯父是一个能工巧匠，他的斧头小巧、轻便，磨得锋利，斧柄被握得像包过浆似的。问题就在于这把斧头过于锋利了。记不清是进山的第几天，我砍倒一棵挺大的松树，坐在另一棵砍倒的松树上，横着把刚砍倒的树干一米左右一段段截断。但还没有干多少活儿，我开小差了，手里的斧头没收住力，凭借惯性落在大腿内侧。我穿着短裤，眼睁睁看着大腿上裂开一道一寸多长的口子。开始跟皮肤一样白。我知道伤得不算重，心里一点儿都不慌，因为这样的事对于经常进山砍柴的人来说,实在太平常,太小儿科了。然后我静静地看着这道伤口,静静地看见它像露珠那样一粒粒渗出血来。是红的,异常鲜艳。我这才撕开本来就破了的上衣,把伤口包起来。然后提上斧头,自己走回家。心里还想,明天可以不上山了。

第二天,我坐在新祠堂民办小学童莉住着的那个房间门前的走廊上,平静地对她叙述我受伤的经过。因为是暑假,她在走廊上摆了两张课桌,几张凳子,权当会客室,接待来看望她的家长和从各地来找她聊天的上海知青。童莉见我用一条旧毛巾绑着大腿,走路有些踉跄,吓了一跳,走上来看我解开毛巾露出的伤口。头天我回到家,看见伤口已凝血,连赤脚医生都没有找。

童莉说,这怎么行啊?应该去医院打一针,防止破伤风。说着走进房间,找出她从上海带来的几样自备药,蹲在我面前,剪开一个两指宽的白纸袋,对准我的伤口,跷起一根手指轻轻弹起来,窸窸窣窣落下一些黄色颗粒,再用洁白又干净的纱布,帮我重新包扎了一遍。

做完这些,她回房间换了一件衣服,说陪我去公社卫生院。

我说,你不是给我上了药,包扎了吗?这点儿小伤,哪里用得着上医院?

她说不去怎么行?不去出了事,可别赖我。

我笑了,我说是我自己砍柴砍伤的腿,怎么会赖你呢?又说,放心吧,我们乡下人命贱,都不把这点儿伤当回事。有的当场采几味草药，自己嚼烂敷在上面，就万事大吉了；有的根本不管它。我不认识草药不敢乱用，相信养几天就好了。

童莉也笑了，说你命贱吗？你命贱，为什么全大队几个村子的人，就你还在读书？我看你的命很快会贵起来，到时可别忘了我们这些乡下人哟！

你还乡下人？你是乡下人吗？我跟她较起真来，如果你把自己看成乡下人，那我们成什么人了？成野蛮人、原始人了。

她的脸就在这时绷紧了，说，我们为什么要争做一个乡下人？一个野蛮人、原始人？就不想从这里走出去，走得远远地，去做城里人、文明人？

我说不出话来。现实摆在面前，我是一个比她更悲观、更绝望的人。因为我们一个生在穷乡僻壤，一个生在大上海，这本来就存在云泥之别。

我们就这样你一句，我一句，不知不觉进入了一个沉重的话题。它事关我们的前途和未来，但如同一道难题，我们又暂时找不到解题的办法。

那段时间，童莉几乎成了我的私人医生，每两三天就给我换一次药。她蹲在我面前，动作是那样的温柔，表情是那么亲切。我没有姐姐，真想有这样一个姐姐。后来我知道，她洒在我伤口上的那种黄色颗粒，叫磺胺结晶，是一种城里人自备的常常用来抗菌的消炎药。我的伤在她的调理下，不到十天就好了，虽然落下了一道至今仍清晰可辨的伤疤。

说不清为什么，在童莉作为代课老师住在新祠堂的一年多里，我每遇到什么事，都想对她说，既有让她分享的意思，也满足了我的倾吐愿望。比如说这年冬天我冒雨回公社参加体检，回到家换好衣服，这时虽然已是黄昏，我想到民办小学早放学了，童莉肯定一个人待在新祠堂，就跑去见她。她一听说我应征参军，马上赞赏我的勇气，说好呀，这也是一条走出去的路。

希望如此吧，我说，但目前情况不明，估计我的身体没有多大问题，怕就怕前些年我家里被纠缠的那些烂事。

她立刻说，不许悲观失望！什么时候都要有信心。然后学着《沙家浜》里郭建光的念白，鼓励我说："有利的情况和主动的恢复，往往产生于再坚持一下的努力之中。"

那天，当我父亲告诉我县人武部的人告诉他，我已被正式批准入伍，我第一个希望分享我喜悦的人，就是童莉。不出我所料，她听到这个消息，比她自己就要离开农村还高兴。她说是真的吗？中学生，这是天大的好事，祝福你！又说，还是那句老话，你走得越远越好。

我走那天，在路两边簇拥的人群中，没有看到童莉的身影。不知道她是在给孩子们上课，还是故意回避这个场面。但在我的军用挎包里，放着她赠送给我的两件精致的纪念品：一个漂亮的笔记本，一只她用过的口琴。

高傲之心

　　第一次穿上军装那个傻乎乎的样子，至今让我忍俊不禁。是部队散发出浓重樟脑味的那种冬装，棉衣棉裤，绒衣绒裤，脚上一双胖胖的笨重黑棉鞋。每个新兵第一次穿上军装，都呆若木鸡，突然变傻也变小了，像一个个活动衣架，撑着一团浓墨重彩的新绿，晃晃荡荡地向前移动。细小的头像豆芽菜那般从衣领里探出来，头上压着一顶我们经常看到的那张雷锋持枪照片上戴着的那种硕大的栽绒帽。

　　公社送兵时，我们仍穿着便衣，胸戴大红花，由各乡镇民兵和亲属簇拥着，敲锣打鼓地往县人民武装部送。近一点儿的走路，远一点儿的坐拖拉机。武装部每聚齐七八个人，便交给接兵首长（不论干部战士，我们见到接兵部队戴领章帽徽的人，都叫首长），再由接兵的首长领到县招待所分配好的房间住下。亲属们送到县里就不让送了，自行找地方住，等待第二天一早分别。

　　新兵在县里住一晚，把穿来的便装换下，连裤头袜子都不留。衣服一换，熟悉的脸忽然变得陌生起来，而且变成千篇一律，千人一面，就像一滴水落进了水里，再也分不清哪一滴是原来的水。父母们捧着刚换下来的衣服，必须大声喊"水根"或者"牛崽"这样土里土气的小名，才能找到自己的儿子。

父亲带着大弟送我到县里，看着我穿上新军装，瞬间惊呆了，好像我变成了另一个人，想抓忽然抓不住了；嘴里不断地说不要想家，到了部队马上写信回来。我不耐烦地说，晓得了，晓得了，说了多少遍了。父亲见我烦他，又像女人那样流泪，说老话说得好，娘肚子里有崽，崽肚子里没娘。

看得出来，父亲这次的哭，是真哭，真舍不得，真的感到儿子要离开了，再也回不到他们身边。但儿子有儿子的前程，只能忍痛割爱，放他自己飞。

晚上第一次集体活动，组织看电影，记得是革命样板戏《智取威虎山》，全体新兵和县里各单位的欢送代表参加。亲属不发票，不让进，意思是从这个晚上开始，你们就把儿子交给国家了。我们穿着走起路来发出嚓嚓声响的簇新军装鱼贯入场。走到两边拥满亲属的县大礼堂门口，我听见一个清脆的声音在喊我，哥，能不能带我进去？循声一看，是姑姑家几天前给我说对象那个女儿。

我马上想到是我父亲做的手脚。那天他从我姑姑家回来，未等他兴冲冲地把话说完，我就强硬并粗暴地拒绝了他和他们。这个"他们"，包括我姑姑和我那个老实巴交的新姑父，还有他们达成的共识。我在心里说，谢谢你们的美意，这是一件不容商量的事。

然而,此时此刻听见那位我本该叫她妹妹,我如果赞同父亲和我唯一的姑姑,还有我的新姑父几个人达成的共识,她就该是我老婆的这个姑娘,突然在人群中喊我,心里不由自主地抽搐了一下。我承认我被她的执着和纯朴感动了。我那么坚决地拒绝了这件婚事,已经很伤她的自尊了,但她还是赶到县里来送我,有点儿买卖不成情义在的意思。在她面前,我反而显得小里小气,狗肚鸡肠。遗憾的是,我们全体新兵都安排好了座位,没有一个人有票。当我叫着她的名字,告诉她我真的没有票,没有办法带她进去时,拥挤的人群像浪头那样打过来,把我们推开了。

这是我迄今为止见过这个姑娘的最后一面,我当兵后听说她很快嫁人了,但我不敢问她嫁到哪里去了,嫁给了什么人,也不敢问她过得好不好,像欠了人家什么似的。

第二天天还没亮,一阵急骤的哨音响了,接兵首长很响亮地敲开每一扇门,大声喝道:"快!快!起床打背包!5:30车场集合!5:50车上开饭!6:20开车!"在窗外停着的三台苏制嘎斯69军用卡车,迎着冬日的严寒,开始轰隆轰隆地热车;车厢被绿帆布蒙得严严实实,把气氛弄得异常紧张。

天还黑黢黢的,大家慌慌张张地爬起来,慌慌张张地往停车场跑。有人跑着跑着,被子跑散了,背包带拖了几米远;有人上衣扣得东拉西扯;有人裤子穿反了;有人左脚踩到右脚过长的裤腿,扑通一声摔倒了,爬起来继续跑,大家像一只只没头苍蝇，到处乱飞、乱撞。

站好队，每人发一袋干粮，里面有面包、饼干、咸菜，但没有水。因为那时还没有瓶装水，口干了也没有办法，必须忍着。

1972年12月那个离开故乡的日子，给我留下的最深记忆，是莫名的兴奋、紧张和不可抑制的忐忑。虽然我在全县分乘三辆军用卡车的九十个新兵中，拥有高中即将毕业的最高学历，相比大多数农村兵，不算坐井观天、孤陋寡闻。但我从未出过远门，也没有见过火车，是一个纯粹的乡巴佬。虽然我知道我们的目的地是南昌，但不知道从我们县城到省城到底有多远，坐这样的军车需要走多久，什么时间能到达。军车是从南昌我几天后才知道的福字124部队驻地直接开来的，每辆军车的车厢里乘坐三十一人；一人为接兵班长，负责三十个新兵的运送安全和沿途的释疑解惑。接兵干部坐在驾驶室，军事术语叫押运。

我往四周巡视一遍，在我乘坐的那辆军车上，没有发现我的一个高中同学，也没有看见一张熟悉的面孔。

天刚蒙蒙亮，三辆军车从县城的主街道开过，听得见街道两边嘈嘈杂杂地挤满了人，但车厢被厚厚的绿帆布遮住了，只有撩开车厢后面耷拉下来的帘子，探出头去，才能找到亲人的面孔。大家正要往后挤，接兵班长站起来，指着蠢蠢欲动的人头吼道："不许动！谁都不许动！现在你们是革命军人了，必须服从命令听指挥。谁违反纪律我把谁退回去！"退兵可是一件奇耻大辱的事。山里的兵没有见过世面，经接兵班长如此一吼，大家面面相觑，一时像菩萨那样规规矩矩地塑在那儿，大气都不敢出。

三辆军车迎着大街两旁喧哗的送行人群一驰而过，我没有看见拥挤在人群中的父亲和大弟，也没有看见组织来送行的高中同学，只听见两旁响起一片呼喊声。

那时我们县里还没有柏油路，军车在弯弯曲曲、上坡又下坡的沙土路上越开越快。一车新兵被颠得摇摇晃晃，响起一片惊叫声。有人从未坐过汽车，闻不惯一阵阵扑来的汽油味，车刚离开县城便嗷嗷地吐。我虽然不排斥汽油味，但闻不惯从呕吐物中飘出来的那股酸腐味，想吐却吐不出来，很难受。

一辈子忘不了的，是汽车开了两三个小时，总也不停，下腹部久久地憋着一泡尿，膀胱都憋得快要爆炸了。但谁也不敢喊，不敢对身边的同伴说，怕被人笑话；还怕突然失禁，把裤子尿湿了。出了宁冈县，又过永新县，车开到吉水地界的一条河边，好不容易停了，接兵首长从驾驶室下来，大喊："撒尿！撒尿！"大家从车厢里鱼贯而出，在路两边掉转身子，万炮齐轰。正值天寒地冻，河边登时袅袅绕绕，云遮雾罩。

许多年后，我写下一首《高傲之心》，试图还原那天的情景——

  穿上那套绿制服，你就有了高傲之心／仿佛山谷的空阔，就是为了让风／吹拂的；河床的蜿蜒和透迤／就该用来奔腾和激荡；而坐上那辆运兵车／你果断地对自己说，你再也不要回来了／你从此是一个使命在身的人，四海／为家；从脚下走出去的这条路／只供回想和怀念；故乡作为一条河流的／源头，一口甘甜的水井，你只有在／渴了的时候，头脑发烧发热／需要镇静的时候，才被允许把桶放下去／打一口水喝；而县城那个白净，漂亮／风姿绰约，曾经用藐视的眼光／睥睨你的女同学，在人群中咳嗽了几次／你仍然心如止水，不把目光投过去／诚实地说，你真需要一个姑娘用来爱慕／但你明白，这个姑娘和你的未来一样／在远方，在你暂时还不知名的／某个城市的芸芸众生中；并且，她必须是／谦卑的，贤良的，有着你喜欢的那种／蛋青色的皮肤，愿意为你生儿育女／像爱护眼睛那样爱护你的脆弱的／自尊心；如果你成功了，如愿以偿地走进／你梦境中的那个房间，她会把你的荣耀／收藏在心里，在脸上绽开一朵散发出／淡淡香味的茉莉花……

"火车！火车……"

翻过日夜兼程路途中的最后一道坡，视野像入海口那样炸开，前方突然跳出好大的一片灯光。我是从坐在车厢前面的人撩开密闭的绿篷布时看到这片景色的。军车像一匹小马驹看见了自己的家，跑得更欢了，风从贯通的车厢里呼呼地吹过，把我们的头发吹得如同八月的稻浪向后倒伏。仿佛一个谜底就要揭开，我脱下被焐得汗流浃背的栽绒帽，任迎面吹来的风打在额头上。期待到达的目的地就要到达，我反倒有些恍惚，有一种不真实的感觉。看着那片越来越清晰的灯光，我在心里对自己说，从今之后，你就要在其中的一盏灯下站岗放哨了。你多么荣耀！

巨大的汽笛声就在这时拉响了，几乎与我们乘坐的嘎斯69军用卡车齐头并进，一头凶猛的黑影轰隆轰隆地疾驰而来，一眨眼工夫，迅速超过了我们的军车，好像执意要把我们甩在它身后。我们目瞪口呆，一时不明白发生了什么事。这样愣怔片刻，忽然有人反应过来，激动地指着那头飞奔的黑影喊：

"火车——！火车——！"

真是火车！一些见过、大多数从来没见但在脑海里有火车概念的人，突然反应过来，纷纷事后诸葛亮般发表傻傻的但自以为是的评论："呀，像一座山在走，轰轰的。""哪里像一座山，我看像一条河。天亮前发大水时的河就这样。""河倒是会走，山会走吗？我看像一头牛带领好多头牛打飞脚。""那跑在最前面的车头，就是一头水牛了，发情期那种水牛，奔跑如雷。""还用说！一定是一头水牛！"……新兵七嘴八舌，每张嘴都在动。

我什么也没有说。我自认为比他们要高明一些，因而也更矜持一些。一个读过高中的人，我既能及时认识到自己在犯傻，同时又能暗暗吸取教训，让自己逐渐学得聪明起来。比如八个月后，我被派到团政治处学习写新闻报道，新闻干事派我去省报送稿，骑着自行车走出很远了，才想到没有问清楚省报在哪条街上。就去路边一个单位的收发室借电话。值班老人看我穿着军装，很信任地把电话拎上窗台。天哪，是一部拨号电话！我从未拨过，又不好意思问怎么转军线。就对老大爷说，我忘了样东西，先去自行车上取。然后站在一边看别人怎么拨，一看就学会了，接着我拨"114"，一路问下去。

军车进城了，是从低矮破旧的城乡接合部进城的。放眼望去，狭窄的街道灯火昏暗，楼洞门前乱糟糟的，横七竖八地停放着锈迹斑驳的板车和自行车；还有一种乌黑、丑陋、名叫"起宏图"的三轮柴油车，走起来像放屁那样噼噼啪啪响，喷出一股油腻的黑烟。低矮又拥挤的水泥房趴在灰蒙蒙的夜色中，像一个个鸽子笼。各家各户从阳台或窗户上伸出一根根竹竿，晾着男人、女人和孩子们的短裤、背心和尿布，花花绿绿，迎风招展。从高中南昌同学那里听惯了的当地方言，嘈嘈杂杂又支离破碎地飘过来，一点儿也不亲切，倒觉得丑陋、粗俗，像一个个肮脏的雨点砸在仰起的脸上。

不知从哪家街道工厂的高音喇叭里传来中央人民广播电台报时的声音："刚才最后一响是北京时间10点整，下面播送新闻和报纸摘要节目。"

往城里走，往市中心走，也好不到哪里去。灯是比郊区亮一些，街道也比郊区宽敞了许多，同样也乱哄哄的。或许因为夜深了，稀稀拉拉走在寒风里的人，行色匆匆，脸色阴沉。宽阔的街道两旁触目惊心地刷着许多标语和大字报，都是用白纸糊上去的，给人一种斗争正酣的印象。一些刚刚贴上去的标语已经脱落一角，在寒风的吹拂下，哗啦哗啦地拍打墙壁。

与我们当时还没有红绿灯，也没有公共汽车的小县城比，进入省城给我最深的印象，是街道纵横交错，红绿灯一个接一个，车被迫一次次停下。

坐在密闭的车厢里赶了一天路，我们都疲惫不堪。军用卡车开进城里，看见拥挤的小巷，空阔的大街，清冷的路灯，一阵短暂的惊奇后，我们一个个抿着嘴唇，不想说话了。虽说我们来自不同的山村，互不相识，而且农村人胆怯、口拙，不善交际，相互间也没有多少话说。卡车时走时停，慢得走路都能撑上，就想，到底是省里，到底是许多年前打响武装起义第一枪的地方，地盘这么大，比我们家的村子要大几十倍，上百倍。以后自己就是一滴水，一粒尘埃了，如果哪天不慎掉进哪条砖缝里，谁能找得到？

车子穿过城中心，沿东西走向的一条大道拐进一条土路，接着开进一座由一人多高的水泥围墙围着的院子，说是我们的团部。围墙外密布一片片菜地和鱼塘。心里又想，团部也在乡下？文件上总是说传达到县团级，意思是部队的团和县一样大，但相当于一个县城的团部，怎么也得有一条大街吧？

已是深夜，部队熄灯了，空空荡荡的院子里异常寂静，像浸泡在一个巨大的土灰色瓶子里。我看见一个哨兵背着枪在墙根下游动，十几辆军车像十几头巨兽蹲伏在车库的阴影里。一座水塔被几根水泥柱子高高地举在半空。

有人呼吼"到了到了"！这时车停了下来，后面的车厢板哗啦一声放倒了。坐在驾驶室那个接兵首长站在车下，冲我们喊"下车，下车"！我们像一车土豆，其实就是一车土豆，稀里哗啦地从车厢里滚下来，听得见落了一地的土渣子。

不知道是天气冷，还是被一泡尿憋的，我瑟瑟颤抖，站在那儿茫然不知所措。却不敢问哪里有厕所，就是知道厕所在哪里也不敢离开。是这样！在这个人生地疏的夜晚，我想，可不能漏掉自己的名字，必须竖起耳朵来听，绝不能把自己弄丢了。后来我才知道，所有的新兵在这个时候都在等待一道命令，或者说等待一把锤子，等待它把自己砸进那个森严而庞大的序列。

哨声突然响了,是刻不容缓的那种哨声。嘀嘀嘀——!嘀嘀嘀——!吹得一颗颗心呼地一下提到半空。从县里出发的时候,接兵首长就对我们进行过"一切行动听指挥"的教育,说听见集合哨声(强调到了部队经常有紧急集合的哨声和号声),不论你在干什么,都要迅速停下来,成立正姿势站在那里。听清具体命令后,必须立刻、马上、迅速,像听见战斗警报那样刻不容缓地跑步入列,一刻也不能耽误。着火知道吗?接兵首长说,听到哨音,就像看见着火,你必须动如脱兔,以最快速度找到自己在队列里的位置。

跑到哨声响起的一块水泥篮球场,我看见站在这里举起一只手喊"面向我集合"的,还是在县里教导我们"一切行动听指挥"那个我始终没有弄清楚官职的接兵首长。大家你推我搡地挤到他面前,他不高兴了,说懂不懂规矩?站队,站队!按路上乘车的秩序站队!我们站好队,定睛一看,在接兵首长的身边站着一个腰系武装带,看上去职务比他更高的指挥员,手里握着一本花名册,脸像铸铁那般肃穆(估计用手弹一下,会发出金属的声音)。队伍解散后我问接兵首长,这个人是谁?他说,团司令部军务参谋。

接兵首长把队伍整好后,两拳提到腰节,咔咔咔咔,跑步到军务参谋面前,昂首挺胸,像钉子一样立定,然后大声报告:参谋同志,宁冈县应征新兵应到人数九十名,实到九十名。报告完毕,请指示!军务参谋说好,队伍交给我!接兵首长说,是!再次抱拳跑步,立定,转身,单独一列站在新兵队伍的旁边。

大家最关注的分兵时刻来临了!操场上鸦雀无声,九十个新兵个个把心提到了嗓子眼。都说当一回兵,决定命运的,就看你最先分配到哪个连队,当一个什么兵。农村兵最向往和最羡慕的,是当驾驶员、警卫员、电影放映员。这样能学一门技术,找一条出路;如果能当警卫员,那造化大了,跟着首长风光无限,进步也快。因此,去什么连队,这个连队执行什么任务,在城里还是在其他偏僻的地方,成了大家最想揭开的谜底;当然都想留在省城,都觉得自己是从山里来的,不能再分到山里去,消息传回老家丢死人。就精神抖擞地挺胸,抬头,不仅用耳朵听,还用疯狂跳着的心听。

1972年还没有恢复公安部队,也没有成立武装警察部队,我入伍这支部队,代号为中国人民解放军福字124部队,番号为江西省军区独立团,担负省委、省军区和省城周围重要仓库、桥梁和监狱的警卫任务。

脸色严峻的军务参谋行动干练,嗓音如雷,厉声喊道:"都有了,立正!稍息——下面我宣读分配名单。"接着打开花名册,一营、二营、三营地念下去;接着是团直属队特务连、八二炮连、七五炮连、修理所等。像极了分一车新鲜运来的土豆。驻守在南昌的营和连,都是自己开车来领兵,相当于带来了装土豆的大筐,把分给自己的土豆当场装上车拉走;有的单位离得较远,必须由团里第二天安排运送。最后剩下的站成一队，等待安排住宿。

九十个新兵剩下十几个人了，还没有叫到我的名字。我紧张、焦虑、迷惘，心里一阵阵涌来按捺不住的恐慌。整个过程虽然只有几十分钟，但我却感到无比漫长，仿佛在水泥球场上站了一年，一生；一再鼓胀的膀胱有一种沉重下坠的紧迫感，只好咬紧牙关，夹紧双腿，拼命地忍住，忍住……

军务参谋终于念到七五炮连了，我也终于听到了自己的名字，不禁长出一口气，好像经历了一场耗尽气力的长跑，好不容易跑到了终点。

这个晚上分配到七五炮连的兵，除去我们江西宁冈县的新兵，还有江西信丰县、福建龙海县的新兵。分完兵，我们被带到团部礼堂的舞台上，命令打开被褥，在这里睡一晚。一个挨一个躺下后，我耿耿难眠，不知道七五炮连是个什么鬼，驻在什么地方。

翌日天未亮，与来时同样的一辆嘎斯69拉着我们摸黑出城，呜呜地往一个根本辨不清方向的地方开。感觉马不停蹄，跑了整整一个上午，不下二百多公里，才在一个看不见任何村庄、任何行人的山冈上停下来。山冈的背风处青砖黑瓦，立着三四排房子。这就是我将献身国防的七五炮连？

我一屁股瘫在从车上扔下来的背包上，老兵们已敲锣打鼓地迎上来。

那时我只有目瞪口呆；那时呈现在我面前的是／

大片大片岩石，如大片大片残存的肢体／那些肢体当然不是倒卧着的／而是站着！它们相互挣扎着，缠扭着／骨节断裂之处锋锐无比／新鲜的岩浆／散发出血浆一样的腥味∥……许多年后我才明白／它们困扰我，阻隔我／原来是要熔铸我，修炼我／它们教会我沉默，教会我坚忍／并且教会我以岩石的耐力／扼住命运的咽喉∥那年我十八岁／从此我懂得只要站在十八岁的位置上／我就拥有不可战胜的力量。

生命中第一班岗

1972年冬天一个寒风凛冽的早晨，我此后四十二年的军旅生涯，在隶属江西省宜春地区的高安县西北部一个连名字都没有的黄土岗上，拉开了序幕。

起床号是在清晨6点吹响的。天边刚露出鱼肚白，南方的冬天在这时还看不清人影。因为头天赶了一天路，晚上在团部礼堂的舞台上打地铺，翻来覆去地睡不着，我在半梦半醒中听见嘹亮的军号声。新兵还没有军号知识，听不出这是起床号还是紧急集合号，过度紧张的神经本能地把自己从床上掀起来，慌慌张张地穿衣穿鞋，寻找帽子和腰带。宿舍里一片嘈杂。我们睡的是一字排开的硬板床，可以两边下地，一个个如同无头苍蝇，这个穿错了衣服，那个穿错了鞋子。有的人不依不饶，非要看看对方的衣服上是否写着自己的名字；对方只顾得往外跑，被扯着不放，两个人忍不住推搡起来。

出操号又嘀嘀嗒嗒地响了，听起来比起床号还急。有人穿着一只袜子往外跑，有人抓着帽子和腰带往队伍里挤。有人跑到操场上找不到自己的班排,傻傻地愣在那儿。我虽然衣冠不整,但谢天谢地,总算没有落在最后。

福建兵明显比我们内地的兵反应敏捷,他们像一支支箭那样射了出去。比如龙海的兵,在家时大部分是基干民兵,接受过严格的军事训练,相当于准军人,有着丰富的军事知识。我们还在没头没脑地找衣物,他们已经目光炯炯地站在了队列里。

新兵们好不容易到齐了,老兵已经说说笑笑地下操了。

第一天按照部队的作息时间起床和出操,我们在穿衣戴帽上洋相百出,闹了许多笑话。新兵排的班排长是从连队挑选出来的老兵,他们见怪不怪,耐心地站在操场上等我们,至少第一天没有人训斥我们。第二天、第三天和以后的日子就不好说了,事实证明,他们不会总这样客客气气。

站在队列里我们才发现,天底下最狼狈最倒霉的人,就是我们这些老兵口中的新兵蛋子。因为站在队列里,如同电影镜头里的定格,这时我们中扣子扣得颠三倒四的,裤子前后穿反的,光着脚没有把鞋跟拉起来的,没有系腰带、衣服穿得松松垮垮的,暴露无遗。当过兵的人都知道,军人站在队列里是不能动的,不允许有任何小动作。班长说,这时候你即使脚下着火,或者一只吸血的牛虻正在叮你,也不能动。更不能嬉皮笑脸,东张西望,交头接耳;不能做抓耳朵、吐舌头这样的小动作,而且头要正,颈要直,下颌微收,两眼目视前方。让我们把各种狼狈不堪暴露够了,展览够了,其实是羞辱够了,才下达整理服装的命令。到此刻我们终于反应过来,带队的新兵班排长让我们以如此熊样站在队伍里，其实是队列训练的一个预定的环节，目的就在于让我们看到与老兵的差距。

一个好兵，一个过得硬的连队，就是这样锤炼和雕琢出来的。

有一点比较特殊，我们七五炮连的新兵训练是在自己的连队进行的。部队一般是由团里或者师里组成新兵营或新兵团，集中进行训练和教育，时间少则一个月，多则一个季度或大半年。之后才分兵，下连，各奔东西。而我们直接下连，在连队接受训练和教育。这要说到我们连队的特殊性了，这是我们的连长、排长、班长和政治指导员，在往后的日子里反复强调的，说我们连队驻守在特殊岗位，担负特殊任务，保卫特殊对象，必须特别严肃认真，不能出任何纰漏，否则就会出大事，造成国际影响，把我们吓得一愣一愣的。

在当天上午进行的室内操课中，威严中带着几分儒雅的连长把连队担负的特殊任务，彻底公开了。

我们连警戒和保卫的对象，其实，是一些外国朋友，他们在哪呢？他们就在从我们连队翻过一面山坡就能看到的地方。每天晚上，我们在那里设了三个固定岗，白天派两个流动哨。完成新兵集训后，你们就要轮流去站岗，轮流去承担这项既神圣又光荣的任务。

大家还没有从巨大的震惊中平静下来，连长郑重地宣布几条纪律：第一，我们执行的任务，保卫的对象，属于国家重大机密，必须守口如瓶，不能对任何人说，也不能写信告诉家里；第二，除了站岗放哨，执行任务，任何人不得出入外国朋友居住区，不准与他们交谈；第三，在站岗放哨和执行任务时，与外国朋友交错而过，要有礼貌地站在一旁，给他们让路，脸上保持轻松的微笑；第四，我们对外联络使用统一邮箱，这个统一邮箱的代号为……

接着走出课堂，连长带领我们登上饭堂左侧的一个高坡，连队警卫的目标豁然出现在眼前：那是一座小山城，几十幢别墅样的房子红瓦白墙，鳞次栉比。小城里有商店、操场、篮球场、礼堂、游泳池等。许多房子前停着崭新的轿车。街上静静的，很少有人走动。四周是连绵起伏的丘陵，四五里外无人家。旷野上一片萧瑟，风在呜呜地吹着遍地枯草。

昨天我们还以为被分到了远天远地的山沟里，四处荒无人烟；一觉醒来，突然发现我们守着一个巨大的秘密！

我的军旅生涯就是从这一天开始的。此后，除了站岗放哨，我们与外国朋友桥归桥，路归路，不相往来。在连队的活动范围内，我们早晨出操，晚上放哨；夏练三伏，冬练三九，与别的连队毫无二致。与外国朋友唯一亲密的接触，是每个星期六各自带一只小马扎，列队去他们号称干校的电影院看电影。

他们的电影院其实是用来集会和节假日联欢的一个小礼堂，两边摆满一排排长椅，那是外国朋友们的固定座位；中间有一条足足有两米宽的过道，留给我们担负警卫的连队使用。我们入场后，整齐划一地放下马扎，整齐划一地落座，像依然在队列里，然后一支接着一支唱歌。每唱完一支，外国朋友都会礼节性地报以掌声，但不怎么热烈，因为来看电影的都是些妇女和孩子，放映的电影都是老片子。

在这里，我经历了军旅生涯的诸多第一次：第一次下连队、第一次为外国人站岗、第一次操炮、第一次给家里写信、第一次在异地他乡过年……

应该说说我们七五炮连的七五炮了。那是一种无后坐力直射火炮，一个班一门。当时国家穷，教材上规定每门炮配备一辆吉普车或一匹骡马，但都省了，全凭人拉肩扛。连长说吉普车或者骡马，到打仗的时候会有的，但什么时候打仗？没有谁说得准。在操练中，班长作为一个战斗单元的指挥员，身背瞄准镜，走在队伍的最前面；接下来按高矮顺序，一炮手扛炮筒，二炮手扛炮架，后面的三炮手、四炮手、五炮手、六炮手、七炮手……扛炮弹。平时训练没有炮弹，后面的炮手轮换着给一炮手和二炮手扛炮筒和炮架。

每次架炮，班长装上瞄准镜瞄准目标，身后的炮手依次散开，隔一米蹲一个。蹲着的姿势，跟我许多年后在西安临潼兵马俑大坑里看到的那些单腿跪俑，一模一样。日子久了，我觉得自己就是几千年前单腿跪着的兵马俑。

> 冰天雪地。生命中的第一班岗／旷野上的风像
> 一群猛兽／在相互厮打，吼声如雷；有几次把他置身
> 的岗楼／推搡得摇晃起来。他下意识把手／伸向扳

机,又下意识/缩回来,他感到他触到了一块巨大的冰//那天他记住了度日如年这个词/其实度一班岗也如年/一生多么漫长啊!当时他想,就算活到六十岁/年满花甲,也还有四十二年供他/挥霍。确实如此,他当的是炮兵/用破甲弹打坦克那种/当时他又想,那么四十二年近半个世纪/那么厚的一种钢铁/用什么弹头,才能将它击穿?

钟 长 鸣

我知道山东有个高密县,是因为我接着要说的这个人,而非十几年后把虚拟的山东高密东北乡带向全中国和全世界,接着再过十几年获得诺贝尔文学奖的莫言,虽然后来我也认识莫言,彼此住在近在咫尺的地方。

是不是因为高密这片土地得天独厚,具有浓郁又深厚的文学传统?就像莫言说的,在他们故乡到处都是会讲故事的人,而我幸运地遇上了其中一个。

他姓李,比我早两年当兵。他给我介绍过一个本团他极为钦佩的文学爱好者,也是他们的高密同乡,也姓李,并且是他的同年兵。十几年后,我被调到隶属解放军总政治部、号称军事文学重镇的解放军文艺出版社工作,目睹莫言作为一名部队文学新星冉冉上升,这时情不自禁地想念起我参军伊始在江西省军区独立团七五炮连遇到的这个高密老兵。如果我相信命运,相信在未来某一年的某一天,在中国文坛,至少在中国诗坛能像泥鳅一样翻起一个小小的波浪,那么在发表感言时,我就应该说，他是命运在冥冥中派来指引我的人。

后来，我近距离地接触到了全军的大部分作家和诗人，知道这个曾经在中国文坛占据半壁江山的群体，有着一个庞大的金字塔架构。支撑塔尖那几个出类拔萃者的底座，是一支体量庞大的部队业余作者队伍，他们像一棵大树的无数条根须，密布在军队这片丰厚的文学沃土中。我1972年入伍，目睹了许多人的成长过程，知道这样的结果事出有因。简单地说，"文革"打断了我们国家一代学子的求学之路，这时无论工厂、街道和学校，也无论城市和农村，都把最优秀的子弟送到被称为一座大学校的部队。在接下来的时间里，以我入伍那年在全国率先复刊的《解放军文艺》为阵地，军队的作家和诗人像井喷那样冒出来。许多地方作家和诗人受此吸引，也纷纷转向军队这个阵地，使军事文化比地方更快地回到了鼎盛时期。而且，在体制编制上，军队与地方形成了强烈反差。因为军队的文化与宣传部门齐头并进，从总政的宣传部与文化部，一直贯穿到团一级的宣传科与文化科。那时不仅各大军区和各军兵种拥有相当规模的专业创作队伍，业余作家和诗人也遍地开花，层出不穷。每年任何一个军、师、团级单位，都能召集十几号甚至几十号人来举办多年后被称为笔会的文学创作学习班。虽然大多数业余作家和诗人在成长过程中渐渐地枯萎和凋谢，但正是这支庞大的基础队伍维持了军事文化最健康并最有活力的血液循环，源源不断地往军事文学的塔尖输送最新鲜的血液。

我们连队这个名叫李欣的高密老兵，就是这样一个资历深厚，在国家的文学事业渐渐复苏时缓缓起步的业余作家。他孜孜不倦，百折不挠，在日积月累中，不待扬鞭自奋蹄，对文学创作几乎到了痴迷的程度。与此同时，他也为连队所用，积极采写新闻报道，宣扬基层的好人好事。连队指导员大喜过望，一次次鼓励他在全团的新闻报道评比中力拔头筹。他是一个胸有大志的人，在我下到驻守在高安县那个无名山冈的七五炮连前，连里有一个放牛班，住在几里路外的山脚下，为团部农场饲养几十头牛。他主动申请去放牛班工作，每天吃过早饭把牛赶上山坡，独自坐在草丛里读书和写作，风雨无阻。有一次我掀开他的睡垫，看见他铺着一层层誊写得工工整整的手稿睡觉，大为震惊。他告诉我，这是他在放牛班放牛时写的，是他练笔的习作。

我渐渐感到我是一个无比幸运的人：幸运地在这个年代入伍，幸运地在七五炮队遇到这个老兵。更幸运的是，当我完成新兵训练下班，正好下在这个老兵所在的班里，和他住在同一个房间，两个人铺挨着铺。我比他高几厘米，出操时报数，我喊五，他喊六；晚上站岗，他站上一班，我站下一班。

喜欢写作的人惺惺相惜，也可以说臭味相投，像某些相互依恋的动物。刚下到班里，我发现在中午休息和晚饭后的自由活动中，他总是一个人坐在小马扎上，趴在铺着白床单的木板床上，头也不抬地写啊，写啊，便探头探脑地凑到他身边，好奇地对他说，嘿，李老兵，给亲爱的写信对吧？他觉得这是我对他的冒犯，很不高兴地说，新兵蛋子，看什么看？哪里凉快哪里待着去！但没过多久，我也坐在小马扎上，给在我老家民办小学教书的上海女知青童莉写信，他不知什么时候站在了我身后，突然发声，狠狠地捉弄了我一回，说，你才给亲爱的写信呢！我红着脸向他坦白，我是给女人写信，但不是他说的那种女朋友。他阴谋得逞似的笑起来，然后用他那舌头拐着弯的山东方言叫着我的名字，说他听了我两次在饭堂的小广播，觉得不错，有兴趣可以聊聊。

所谓饭堂小广播，是当年部队流行的一种信息发布方式，就是在饭堂开饭时，郑重宣读决心书和挑战书，或表彰好人好事。我在新兵排时，先后两次代表新兵发言，两次的发言稿都经过连长圈阅。李老兵主动找我，让我受宠若惊。我说我太有兴趣了！愿拜你为师。他说那好，我们一起切磋。

之后的日子，我们两个人天天聚在一起，讨论军队作家们的作品。都是他滔滔不绝地说，眉飞色舞地说，我虔诚地听，饥不择食地往肚子里吞咽。我发现他知道得太多了，仿佛脑子里装着一部厚厚的军事文学大典。什么故事到了他嘴里，都叙述得绘声绘色、栩栩如生，好像是他自己的亲身经历。有的作品他能大段大段地背诵。我知道他在创作道路上下了大功夫、真功夫，不搞出点儿名堂绝不撒手。后来的某一天，他从储物间端出来一个纸箱，交给我厚厚一沓复刊后他悉心保存的《解放军文艺》。这些刊物对我来说太稀罕、太贵重了，我贪婪地一本本往下读，越读越爱不释手。

四十多年前，当我还是这样的一个新兵时，我当然不知道我未来的命运将与《解放军文艺》连在一起，但当我读完李老兵送给我阅读的这一大堆杂志后，内心豁然开朗，仿佛我原本待在某个昏暗的屋子里，忽然噼里啪啦，所有的门窗都打开了。或者说，一本本刊物和它所承载的军事文学，一下子从源头唤醒了沉淀在我心里的某种东西。

这年秋天，我们七五炮连从高安移防到南昌市文教路。这里是纯粹的市郊。在我们住着的那个离团部只有几百米的小院子里，有两幢楼房，一幢是连队的营房，一幢是团卫生所和医护人员们住的宿舍。南边一道高墙，翻过去是一家地方手表厂。该手表厂生产三十元一块的"庐山牌"手表，因为物美价廉，满足了那个年代人们戴手表的愿望，当时很是时兴。连队的另外三面，是南昌市郊属于农民的大片鱼塘和菜地。从城里运来的一车车大粪，不断倾倒在地头的粪池和鱼塘中，空气里散发着一阵阵臭味。在城里，我们没有专门的训练基地，只能在杂草丛生的塘埂上操炮训练。

当年部队的编制有很大弹性，团部大量使用从基层借调来的人，实力统计依然在连队。比如我们团有一个全是男兵的战士业余演出队，一个打遍省城无敌手的业余篮球队，都放在团部特务连。说是业余，实际上没有谁比他们更专业了。团里还有一个由三名运动员组成的乒乓球队，我们连一调防到团部，马上到我们连报到。乒乓球队有个队员跟我是同一年兵，叫戴志刚，膀大腰圆，在球场上威风八面。没想到这么生猛的一个人，除去打乒乓球，还想当作家和诗人。而且他家就在南昌，父亲是省委党校的教育长、著名的党史教授。他受父亲的影响，既对历史和文学感兴趣，又喜欢打乒乓球，据说夺得过市里的少年冠军，是特招到部队的。他后来对我说，他打到市少年冠军，差不多就是全省少年冠军了，但我们省的乒乓球在全国排不上号，几十年只有一个人打进过国家队。当年他们不相上下的三个人，他特招去了部队，另两个进了省队。当他退伍时，那两个人也从省队退役了，三个人在人才市场再次相遇。因为运动员吃的是青春饭，所以他早就有了暗度陈仓之心。

听说连队有个报道兼文学创作组，戴志刚摩拳擦掌，找到报道兼文学创作组当然的掌门人李欣要求加入。李老兵说好啊，韩信用兵，多多益善。然后召集戴志刚和我在连部开会，说，过去他单枪匹马，孤掌难鸣，现在鸟枪换炮，发展到兵强马壮的三个人了，这是一件特别好、特别值得庆贺的事。当务之急，是按照上海研究鲁迅的写作组"石一歌"的路子，取一个笔名，接着集中三个人的智慧向报刊发起团体冲锋。取一个什么笔名呢？三个人你一言，我一语，说这个笔名在字面上应该易读、易记，具有鲜明的时代特色。想到社会上天天抓阶级斗争，"警钟长鸣"成为人们经常念叨的四个字，一个人建议叫"钟长鸣"，这个名字既能体现我们的共同愿望，听起来也响亮。另外两个人热烈赞同，我们的笔名就叫钟长鸣。

戴志刚是连队报道组兼文学创作组最后进入的一个人，却以最快速度发表作品。那是刊登在省报文艺版上的一首叫《背包》的散文诗，诗里有生动的故事情节，说的是战士们勤学苦练,每天往背包里装一块沉甸甸的砖头。

提议我们的共同笔名叫"钟长鸣"那个人,是我,因为在这之前我已经以这个笔名暗暗投稿了。记得我们这个战士写作组以这个笔名公开发表的第一篇作品,就是我投出去的一组诗,名为《军向井冈山》,刊于 1975 年第 1 期《江西文艺》。

带着那个年代明显的政治痕迹,我此生发表的第一首诗,是这样的:

> 野营战歌驱迷雾,/军旗猎猎刀枪舞。/部队野营上井冈,/豪情一路歌一路。//八角楼前读马列,/真理擦亮千里目。/任凭风云多变幻,/心中甘泉永不枯。//黄洋界上忆当年,/犹闻松涛擂战鼓。/十里山峰旌旗飞,/复仇子弹欲喷吐。//白云生处学传统,/官兵围拢大槲树。/想起红军挑军粮,/关山万里变通途……

连长发火了

8月的一天,我们连长一反常态,猛烈地批评我,说得上是大发雷霆。

我们连长姓陈,叫陈先仁,听起来像个老学究,其实没有半点儿老学究的陈腐。他思想开放,思路敏捷,对国际国内政治具备军事干部少有的洞察力。说话惜墨如金,从不啰啰唆唆。如果你什么事做得不地道,惹他不高兴了,他站在你面前,不怒自威。

还有一点特别让我佩服,陈连长是个心特别细,特别有原则的人。初到部队那些日子,我因过于自尊,从不越过班排长走近连队干部。对于儒雅中显出威严的陈连长,更是敬而远之,能躲多远躲多远。有几个干部子弟自视清高,整天围在他身边,吃饭陪着他说笑,节假日陪着他玩牌打升级。许多人担心他任人唯亲,在需要用人时首先想到那些干部子弟和花架子兵。后来的事实说明,我们的这种担心是多余的。陈连长对全连的兵一清二楚,心里明镜似的。谁老老实实,真心付出,不管是农村兵还是城市兵,他都看在眼里,记在心里,提拔班排长时绝对的一碗水端平。甚至,他真正喜欢的,还是那些脚踏实地的兵。

那天,连长脸色严峻地站在连部门口,厉声喊我的名字,说某某某,跑步来连部。不仅声音大得吓人,而且脸色铁青,一副暴风雨即将来临的样子。那是一个星期六的下午,全连搞完大扫除,接下来由各班组织整理内务。我忐忑不安地跟着他进了连部,但见他把几页纸扔在办公桌上,怒斥我说,你都写了什么呀,干巴巴的,既没动脑子,也没有动感情。

我瞄一眼那几张纸,是我刚刚通过班长上交给连队党支部的入党志愿书。连长坐下,掀开我写的那几页文字,用手透过纸页啷啷地敲着桌子。你别以为这是一件可以随便糊弄的事,他严肃地看着我说,你应该知道,入党关系到一个人一生的政治前途,对任何人都是一件大事,一件神圣的事,一辈子就这么一次。之所以要填这么一份志愿书,是要让每个人在入党前冷静地想想,你为什么要入党?以什么姿态入党?必须倾注真情实感。又说,全连的人都在看着你呢,你以为就你合格,就你理所应当?

像敲打一条脱榫的凳子,我感到握在连长手里的锤子一锤比一锤重,一锤比一锤敲打得精准并凶狠。当兵快满三年了,我大部分时间被团政治处借去写新闻报道,还推荐到市里的一家通讯社学习了半年,真正在连队待的日子微乎其微;即使回到连队,也是整天埋头读书和写作,或与文学组的两位朋友泡在一起。跟那些踏踏实实地待在连队站岗放哨，日日夜夜付出青春和热血的战友比，我成了一个特殊人物，像油花漂在水面上。关键是，大家都是从地方经过严格选拔送来的兵，每个人都想进步，但一个连队的入党和提干名额却非常有限，非常珍贵。尤其是提干名额，有时几年一个，有时几年一个都没有。而我的所作所为给战友们的印象是，我写的新闻稿频频见报，对连队甚至对团里的宣传工作做出了不小贡献，解决组织问题，是一件理所应当的事。我因而志愿书写得相当轻率，觉得走走过场就可以了。可连长是什么人？他察言观色，鞭辟入里，一眼就看出了我心浮气躁，觉得有必要给我敲敲警钟。

你还别骄傲。见我面露愧色，连长的口气显著缓了下来，但在道理上照旧不依不饶。放下基本态度不说，他点着我写的志愿书，继续语重心长道，给你说句违背原则的话，这次支部通过入党的同志就你和徐良林两个人，我不让你和徐良林比在连队如何干，这样比也不公平，我只比你们两个人写的入党志愿书，照理说写作是你的强项，但你看，你看，无论文采、字迹，还是倾注的真情实感，你都落在他后面，你觉得你说得过去吗？

徐良林是我的同年兵，山东人，憨厚，朴实。我们同样是应届高中毕业，同在一个连队当兵，他的文化和文字能力不比我强，但也不比我差，只是连队因为有李老兵、戴志刚和我三人组成的"钟长鸣"报道组，放在全团衡量，力量也是相当强的，因此他才没有往这方面发展。来到连队后，他工作勤勤恳恳，对人诚心诚意，两三年如一日。再说，在连队与他的表现不相上下的人，还能找出两三个来。连长仅仅让我跟徐良林比写志愿书，就让我感到，他当着全连的面如此把我叫到连部去教育一番，看似雷霆大怒，其实是用心良苦。

我从连长手里要来徐良林上交的入党志愿书，当场读了，确实写得好。在那样一个年代，我这个多年后在作训参谋的位置上遭遇车祸而导致终身残疾的战友，没有哗众取宠的虚情假意，没有大而无当的标语口号。他从他父亲如何在一个贫苦家庭诞生，年幼时如何跟着他爷爷推着小车走进烽火连天的淮海战场入手，抒发一家三代人如何认识和追逐共产党的漫长历程。语言赤诚、朴素，句句都是肺腑之言。他说他相信共产党，钦佩共产党，向往共产党，是因为他深刻认识到共产党是一个救苦救难的党，一个把劳苦大众放在心上的党。可以说，他这种感情与生俱来，是血液里的一部分，基因中的一部分。他加入共产党，不是想从这个党的身上得到什么好处，而是渴望像他爷爷和父亲一样，死心塌地地跟着共产党走，甘愿为它领导的这个国家、这支军队，奉献自己的一切。

读罢徐良林的入党志愿书，我对连长说，我申请重写一次。

我后来才知道，那次连长批评我，还有更深的原因：在连队准备发展我入党时，党支部通过团政治处组织股，派了两个同志去我的家乡外调。当时大队有些人，生怕我在部队混好了，将来跟他们过不去，向部队同志反映了我父辈的一些说不清道不明的社会关系。这种捕风捉影的所谓历史问题，在当时屡见不鲜，如果组织相信了，即使将信将疑，暂时把要用的人搁在一边，都将葬送一个人的前途。因此，在讨论我入党时，连长旗帜鲜明，一锤定音说，他经历过多次政治运动，知道纠缠这种历史问题，很多的情况是人与人之间的钩心斗角；如果我们揪住不放，盲目采信，只能产生冤冤相报的恶果，对党和军队的事业极为不利，我们可听可不听。有了连长这番明确表态，我入党一事有惊无险地通过了。而他趁机狠狠地批评我，意在及时告诫和提醒我，人要自知之明，无论在哪里，无论到了什么位置，都要老老实实做人，不能忘乎所以。

在 梅 岭

　　1975年春夏之交，我们连队从南昌文教路移防到南昌湾里区的梅岭山脚下，守护一个其实是一幢别墅的秘密工程。

　　连队驻在与别墅相望的一个山窝里，向别墅旁的一条坑道口派出一个固定哨，日夜值勤。周围几里没有老百姓。我们自己砍柴，自己种菜，基本与世隔绝。到了春天上山掰竹笋，拾笋壳，是我们必干的活儿。尤其砍柴，漫山遍野地把人撒出去，一时唱歌的、呐喊的、隔山打呼哨的，好不热闹。归营的时候，手里抱着、肩膀上扛着，或者一路散架地往回捡拾，个个忙得不亦乐乎。像山东高密、福建龙海的兵，他们的家乡不是一望无际的平原，就是千里滔滔的大海，谁砍过柴？

　　砍柴难不倒我们来自本省井冈山老区的兵，反倒给了我们一个难得的独占鳌头的机会。比如我，过去总给人一副文弱书生的印象，好像干什么体力活儿都比不过其他战友，但砍柴的日子一到，我每天像模像样地挑回两大捆干柴，不禁让大家刮目相看。另一方面，因为连队离团部远了，团政治处抓我的公差不像过去那么方便了，或许也有让我在连队多待些日子、好好表现的用意。如此几个月下来，在战友们的眼睛里，普遍感到我比过去踏实多了，与大家的感情也更真诚、更融洽了，在连队有了如鱼得水的感觉。

连队驻扎的梅岭，群山环绕，万物生长，到处郁郁葱葱，不仅随便选一个地方就能操炮，而且随便选两座山头，派出几个警戒哨，就能实弹打靶。当兵三年，我就在这里第一次，也是最后一次参与七五炮的实弹射击。

实弹射击每个班打三发炮弹，我是四炮手，照理轮不到我上场。但打第三发炮弹时，排在我前面的三炮手突然犹豫了，蹲在那里迟迟不动。因为我们的炮是无后坐力炮，射击时在巨大震荡中，整座炮就像一头野兽那样蹿起来；炮后喷出的火，把一大片植被都烧枯了。无须下达命令，在三炮手的犹豫中，我迅速补上去，迅速瞄准击发。在一道火光中，我这边轰隆一声，紧接着对面的山上火光一闪，也轰隆一声，目标被炸飞了。

同样在梅岭，从我们班住着的那个房间里往里走，是一个长年被锁着的水房，里面堆着竹枝扫把、水桶和标语牌等杂物，散发出一股重重的霉味。我们的排长一看，眼睛亮了，命令战友们把水房打扫出来，然后把钥匙交给我，说怎么样？做你的写作间？我说太好了！是不是晚上熄灯了，我还可以继续写？排长说，这我不管，你只要不妨碍大家就行了。我把一块标语牌翻过来，压在水池上当桌子，就在那里写起诗来。

这年的10月，省军区组织农村工作队，深入农村开展党的基本路线教育，我作为干部苗子被选拔为工作队队员。1976年5月归来时，组织上通知我，经过考验，我已被提拔为营部书记。命令下在营部，团里却让我去政治处上班，接任团新闻干事。

我在农村进行党的基本路线教育时，发生了一件让我倍感遗憾的事，"文革"前创作《人民军队忠于党》《骑马挎枪走天下》两首著名歌词、"文革"中参与创作革命样板戏《平原作战》和创作著名长诗《西沙之战》的著名诗人张永枚，从北京来庐山疗养院疗养，路过南昌时住在省军区招待所。省军区文化处李处长去拜访他，他提出可以找几个部队业余诗人来聊聊天，听听基层作者对军旅诗的意见。李处长马上通知我们团"钟长鸣"文学创作组三个人去省军区招待所晋见大诗人。可惜电话无法打到我驻队江西进贤县张公公社的那个小村庄，让我与他失之交臂。受到张永枚接见的李欣和戴志刚事后告诉我，他们带去了一大沓我在梅岭那个简陋水房里写下的诗歌，张永枚当场阅读和评点。他指着一首我写的反映部队野营拉练、师长背着两脚打满血泡的战士行军的诗作说，"战士泪洒师长肩"，这一句好，有生活。

有意思的是，十年后，我作为《解放军文艺》诗歌编辑去广州军区约稿，当我对回到军区创作室工作的张永枚前辈说起当年的这件憾事时，他爽朗地笑了，说这就叫山不转水转，有缘千里来相会，我们不是见面了嘛！

政委的女儿

1977年10月中旬的一天,我们处负责新闻宣传的陈干事从身后追上我,在我的肩头猛拍一掌说,告诉你小子一个好消息,李副政委看上你了。

我莫名其妙,问陈干事什么意思,是哪个李副政委?他看上我什么了?那时省军区有许多老红军,他们中许多在20世纪30年代参加革命,从江西苏区经过艰苦卓绝的二万五千里长征到达北方,经过了严酷的抗日战争和波澜壮阔的解放战争,大多数升到了军一级位置。进入和平年代,没有仗打了,他们中的一些人因思念故土和不习惯北方生活,纷纷调回江西老家工作。而江西是个内陆省,驻军不多,军职岗位更少,只有往省军区安置。我从江西省军区独立团调到江西省军区政治部宣传处工作时,惊奇地发现,在副司令、副政委,司令部副参谋长和政治部副主任的位置上,各自有着十几号人。部队喜欢以姓带职务称呼首长,因此在常见的几个大姓中,像张副司令、李副政委、王副参谋长和刘副主任,难免形成重叠,参谋、干事们稍不注意就会混淆。当年宣传处负责由几十个领导组成的省军区党委中心组的理论学习和省军区礼堂的电影票发放，新同志一来，处长和副处长都会郑重叮嘱说，在接到张副司令、李副政委、王副参谋长和刘副主任的电话时，一定要不厌其烦，先问清楚是哪个张副司令，哪个李副政委，哪个王副参谋长和刘副主任。如果你马大哈，只会说好好好，是是是，行行行，放下电话就找不到北了。因为你连哪位首长给你打的电话都没有弄清楚，还怎么给他们下达学习通知或者送电影票？有些老干事时不时捉弄一下新调来的同事，就会利用你的粗枝大叶为难你，比如你刚离开办公室去上了个厕所，回来时他会突然对你说，刚才张副司令给你来电话了，说他家来了客人，需要再给两张电影票，他在家里等着呢。你一口答应下来，说我马上送去，但走到门口就晕了：张副司令有三四个呢，你往哪个张副司令家里送？那时没有手机，刚给你带话的老干事下班了，这时你只有抓耳挠腮的份。

陈干事倒没有捉弄我的意思。说个原因，省报的军事组是省军区政治部宣传处的派出单位，陈干事几年前就是省报军事组的负责人，过去我们这些小报道员去省报送稿，遇见他没有谁不毕恭毕敬，大声喊报告。

我问他是哪位李副政委看上了我，他很失望的样子，说你看你这位新同志多么马大哈，还不知道是哪位李副政委，昨天来办公室找你交党费的那位嘛！脸很黑，矮矮的，瘦瘦的那个。不过，他过去挺胖的，也不黑，但这半年他大病一场，刚刚从上海经吴孟超教授治病回来。

那时我的社会阅历非常有限,不知道吴孟超是全军著名的肝胆外科专家,尤其手术做得漂亮。但提到头天交党费,我想起来确实有一个矮矮的、瘦瘦的李副政委来办公室找了我,一次补交了大半年党费。因为省军区首长各自分管不同的部门,他们的组织关系,包括过组织生活和交党费也在分管的部门。而我新来乍到,处长要我勤快一些,多给老同志跑跑腿,打打下手,帮助担任党支部书记的老干事收党费便是我的工作之一。

陈干事诡秘地笑起来,说不是开玩笑,是李副政委昨天在办公室一眼就看上了你,喜欢上你了,要我帮他找你,让你有空去他家坐坐。说完掏出笔,让我伸出巴掌,在我的掌心写了李副政委家的电话号码。

握着陈干事写在我手上的电话号码,我的心里有些小激动,还有那么点儿恍惚和茫然,不知道这是不是一件好事,对我的未来意味着什么。第一天我故作镇定,照常上班;第二天还照常上班。第三天,我去政治部办公大楼后面的两间库房里搬书,半路上与李副政委不期而遇。我不敢跟他打招呼,想悄悄溜过去。都交错而过了,他突然回过身来,不知是想不起我的名字,还是执意要保持首长的尊严,他站在那里指着我的鼻子说,哎哎哎,那个谁……你去干什么呀?我紧张地停下来,慌忙向他敬了一个礼,说,首长,我去库房搬书。

他操着河北口音说,对,年轻人就要多干点儿活儿。说着走近两步,压低声音问我,你们处的陈干事有没有告诉你,让你有空去我家坐坐？我说首长，陈干事告诉我了，还给了我你家的电话号码。他说，那你去呀，晚上我要去福州出差，你自己去吧，家里的人都知道你要去。我说好，转身逃跑似的推着小推车跑了。当时正是上班高峰，我害怕被部里、更怕被处里的同志看到。

但是，那天晚上我并没有去李副政委家，是没有胆量去，直到第二天下班，我在食堂吃过饭，绕回办公室，心不在焉地看完当天的报纸，觉得实在躲不过去了，才鬼鬼祟祟地拨通了李副政委家的电话，慌得像个小偷。接电话的是一个富态的中年女人的声音，慢悠悠的，我猜想是首长夫人。我的手在情不自禁地哆嗦，发出的声音是喑哑的，微微颤抖，连自己都没有听见。那边喂了两声，好像猜出是我，没有放下话筒。接着我自报家门，说你是阿姨吧？我知道首长昨天出差了，他临走之前交代我去你们家，但这两天我比较忙。

现在不忙了吧？对方变得热情起来，说你现在来吧，我和佳佳在家里等你。

佳佳？！这该是他们家女儿的名字了，陈干事可没有告诉我。李副政委夫人在电话里这么随意又这么亲和地提起女儿，说明他们早已谈论过这件事，可能还达成了某种共识。如此寻思，我长长地嘘了一口气，心里想，既然他们一步步走在我的前面，那么，我作为下级和后辈，哪怕从礼节上说，也没有理由逃避。来而不往非礼也。哪怕走不下去，我起码也可以保持做人的尊严，不至于太狼狈，太不懂事。后来，我慢慢地走进了这个家，称呼也变了，这时李家的人才如实告诉我，在那天之前，他们已经调看了我的档案。

当天夜里，穿过两重岗哨，我来到平时从那里路过只能仰起头远远望一眼的省军区首长住宅区。在李副政委家门前犹豫再三，才小心翼翼地敲响了他家的门。门几乎是应声而开。神秘地站在门后的首长夫人，戴一副金丝眼镜，和蔼可亲，说你来了？进家吧。然后引导我上二楼的客厅，但她走得很慢，像数着阶梯走，边走边冲楼上喊道，佳佳，客人来了。

他们叫佳佳的女儿站在楼梯口迎接，我抬头看一眼，不是首长住宅区常常出现的那种冷艳夺人的类型，也不是骑着崭新的凤凰牌女式自行车，骄傲地出入有岗哨的大门时，常常一只脚踩在踏板上，一只脚蜻蜓点水般地滑过去那种。她落落大方，彬彬有礼，看上去朴素，平和，亲切。

落座后，我悄悄打量了一下置身其中的客厅，发现这是一间简约的书房，摆着部队首长配发的几样家具。一个两扇门的书柜里放着马、恩、列、斯选集和克劳塞维茨的《战争论》等西方经典军事著作。还有《辛稼轩词选》一类的古诗词。两面墙上各挂着一幅那个年代唯有外贸单位才有的外国挂历。挂历上的图案，一幅是古代战车上的一个巨大轮子，一幅是王雪涛画的红梅。茶几上的果盘里放着满满一盘飘出浓郁芳香的苹果。

首长夫人当仁不让地介绍她女儿，语气舒缓又温和。她属羊，她说，大名叫李佳，小名叫佳佳，初中毕业后去了广州空军当兵，刚复员安排在省外贸局驻广州办事处工作。她还有个妹妹，小名叫毛毛，去年入伍，在部队医院传染科当护理员。又说，佳佳是1970年的兵，在广空的一个通讯团服役，一直自学英语。当兵两年后，通讯团被撤销，一个团的男兵女兵全部复员回地方。

首长夫人还告诉我，李佳退伍后一直待在家里等分配，国庆节前等到了消息，准备月底去广州正式上班。说到这里，她特别强调，他们只有两个孩子，而且都是女儿，希望在不久的将来把她调回省外贸局工作。她父亲那么急着让我去他们家里，是希望赶在女儿回广州之前与我见一面，互相认识一下，以后慢慢加深了解，成不成就看你们是否有缘分了。如果能成，我们想办法尽快把她调回省里来。

首长夫人说话间，李佳频频点头，手里在眼花缭乱地削苹果。她先给我削，再给她妈妈削，最后给自己削。我看见她细嫩的手格外灵巧，一个苹果唰唰唰削下来，苹果皮纹丝不动，揭下来拎在手里，另一头已垂到地板上，像给苹果脱下一件衣服。

我是个对女兵特别有好感的人，听说李佳比我还早两年当兵，又在自学英语，是个比我见过更大世面的人，一种亲切感油然而生。不知为什么，这时我蓦然想起读高一那年去黄洋界脚下扛毛竹，在班车上遇到的那个女兵。我知道那个女兵肯定不是李佳，但就是愿意把两个人联系起来，觉得她们是一个人。

接着，聊到报纸上欢欣鼓舞报道的全国即将恢复高考，李佳问我是否关注到了这条消息，是否对高考感兴趣。我说当然，如果能去读大学，对自己来说，是一件最理想不过的事了。虽然我已经提干，读大学不会再提升我的职务，但非常想得到这样一个深造的机会，不知道部队有没有高考，也不知道能不能参加地方的高考。首长夫人说，部队也需要培养人才呀，只要你愿意考，我看问题不大。又说，你们年轻，遇上这个千载难逢的机会，应该紧紧抓住。佳佳回广州后，建议你们勤写信，两个人互相学习，互相帮助。最后说，这几天，趁着李佳在家，你可以多来家里跟她聊天，星期天也来家里过。

我承认，我对李佳的印象相当好。与她相比，我从穷乡僻壤的山沟沟里出来当兵，身上还散发出一股泥巴味，即使读了点儿书，在新闻和文学写作上有了点儿成绩，但能走到哪一步，只有天知道。走出李副政委家里时，我的心里泛起一股说不清道不明的滋味，我想我可能会爱上这个叫佳佳的姑娘，虽然在我们各自的家庭中间横着一条深深的鸿沟，我没有把握能跨过去。

从那个时代走过来的人都知道，我们共同经历的1976年和1977年，无论对于国家还是个人，都是那么跌宕起伏，那么峰回路转。我们每个人走过的路，既艰难曲折，又否极泰来；既历经悲伤，又饱受狂喜。就说我吧，1976年上半年因政治形势突变，随省军区党的基本路线教育工作队从农村匆匆撤回，但此时我所在的省军区独立团已分为两个团，已经提干的我被分到几年后就将转为武装警察部队的独立二团。我所在的七五炮连从梅岭移防到一个相对隐蔽的叫西河的地方，看守省里的一座大型监狱,番号改为独立二团一营三连。我留在连队的物品,也因分团的时候我还在乡下,战友们在慌忙撤退般的情况下七手八脚地帮我收拾,被丢得所剩无几,所以像一个没有历史的人,至今很难找到当年的一张老照片。接下来,我在团政治处新闻干事的位置上努力工作,希望能告诉欣赏我的团领导我确实能独当一面,连自己都被感动了。

从李副政委家出来,走在寂静的大街上,我像喝醉酒之后被风一吹,清醒过来,不禁惊出一身冷汗。因为这时我被调到省军区政治部宣传处工作还不到两个月,我们的处长对我的谆谆教导还在耳边萦绕,我就走进了比他的职务高了三四级的省军区领导家里,因此我问自己,别人会怎么看我?

我们处长姓杨,是一个新四军老同志,江苏人,腰圆体胖,满面红光,大家笑话他的肚子大,说他上班的时候人还没有进来,肚子先进来了。处里有老同志悄悄告诉我,他有两个女儿,都像林黛玉那样长得如花似玉,受到父母的百般宠爱,一个在九江一家陆军医院当护士,一个马上就要高中毕业,和李佳一样,准备参加即将恢复的全国高考。我作为干事调到宣传处工作时,杨处长把我叫进他的办公室,语重心长地对我说,你年纪轻轻的,笔头也不错,正赶上了好时候,千万别骄傲,要好好地向处里的老同志学习,虚心拜他们为师,老实做人。最后,他叮嘱我一句,说不要急于找对象,把文章写好了,把本事攒足攒扎实了,就什么都有了。

进了李副政委家,认识李佳之后,再见到我亲爱的每天朝夕相处的杨处长，我的心里就像藏着一个鬼，再不敢面对他那双真切而又充满慈善的眼睛了。因为，我不敢说自己谈恋爱了，也不敢说没有谈。

  我看见过一个老兵／用他的肺，活活吞掉一块弹片∥我是在澡堂里，在南方一座军队大院的／公共浴室，看见这个秘密的／一个将军和一个抄抄写写的干事／只隔着一道干净的布帘／而他就在布帘的那一边／指名道姓，唤我去帮他搓澡／为此竟大声吆喝，动用了他小小的特权∥澡堂里白雾弥漫，两个男人赤裸相对／这个情景至今让我难忘∥……将军他矮。胖。黑。圆圆滚滚的／像个随时能弹跳起来的皮球／他双手撑在墙壁上／把身体交给我（就像把他美丽的女儿交给我）／让我从背后搓，从身旁搓／然后又面对着我，让我搓他肥硕的脖子／他辽阔而丰厚的胸膛／这时我就看见了他身上的那个肉坑／比我们的拇指还大，又像／地漏那样凹下去（实话说有些丑陋）∥"是个弹坑！"他说……

第一次高考

隐约记得古希腊有一个著名哲学家叫赫拉克利特，他说过"人不能两次踏进同一条河流"；同时隐约记得，在1978年7月，我曾强烈质疑赫拉克利特的这句话到底是颠扑不破的真理还是旷世谬论。我肤浅而又牵强附会的理由是，在这之前的一年时间里，不，在满打满算只有七个多月的时间里，我连续参加了1977年和1978年两届高考，这不是两次踏进同一条河流吗？

我在网上认真查过，国务院批转教育部根据邓小平同志指示制定的《关于1977年高等学校招生工作的意见》，决定废除"文革"中实行的推荐制，恢复文化考试即全国高考，择优录取，是这年的10月12日。换句话说，我认识我工作多年的江西省军区李副政委的女儿李佳，是在《人民日报》等各大报纸刊登这条消息之后的一两个星期里。明确这个时间点，对确定我与小名叫佳佳的李佳之间的关系非常重要。一是当时我们两个人的注意力，都在即将恢复的全国高考上，可以说全力以赴。我们认识后的交往，实际上是两个考生之间的交往。二是以后的事实证明，我们两个人都是全国恢复高考的受益者；三是我确实把我们杨处长交代我的不要急于谈恋爱的嘱托战战兢兢地记在了心里，这是一件事关天地良心的事。但我又确实口是心非，违背了我对杨处长的承诺，虽然我那时候人微言轻，是那么身不由己。

1977年国务院通过中央报刊向全国公布恢复高考的消息时，同时透露本年度的高考将于一个月后在全国范围内进行。全国没有统一试卷，由各省及各直辖市自己命题和组织考试，考试时间也由各省市自己定。也就是说，从我与李佳认识到两个人同时参加高考，只有短短的一个多月时间。这种国家与考生的同时仓促上阵，可谓史无前例，可见当时国家开展的拨乱反正有多么急切，对人才的需求又是多么求贤若渴。而作为幸运者，在那些日子我们就像一架机器，日日夜夜满负荷运转，连喘口气的时间都没有。如果这时还去谈情说爱，差不多就是利令智昏了。

李佳去广州上班后，如我们所愿，部队也下发了高考通知，规定凡符合条件报考的干部战士除了报考部队当时有数的几所院校外，还可以报考地方院校。什么高校都可以报。这使我迅速投入与李佳一起相互鼓励和相互支持的备考中。当时我们分工，她以复习英语为主，语文、政治、历史和地理，由我在自己复习的基础上给她准备一份复习资料。因为她决定报考外语系，必须全力以赴对付主课；我考政治系或中文系，主课都是她的副课。我们心照不宣的原则是，保证她考上；我考得上是锦上添花，考不上无所谓。

一个多月的高考复习时间，对现在的考生来说简直是天方夜谭，充其量只够把初中和高中的六年课程浮光掠影地浏览一遍。何况有些课，主要是数理化和英语，我在老家读书时从来没有学过，没有老师辅导根本无法进入，遑论自我复习。但1977年的高考，对我们这些在过去十年中先后被抛向社会、再没有接受正规教育的工农兵考生来说，就这么突如其来，这么紧张和仓促。我甚至觉得一个多月的复习时间太漫长了。因为我们中的大多数人，当时已陷入巨大的盲目之中，不知道高考需要面对的是一个庞大而系统的知识结构。对这个知识结构，虽然我们在乱哄哄的"文革"中略有涉猎，但触及的只是皮毛。最糟糕的是，面对自己在学业上毋庸置疑的巨大缺失，许多人竟然不知道自己缺什么，需要补什么，甚至还沾沾自喜，觉得自己见多识广，初高中那点儿知识怎么都能对付过去。比如我，当时已是部队副连级干部，因为从事多年新闻和理论写作，又是文学青年，在省军区大批判组参与撰写的文章，不仅上过《人民日报》《光明日报》，还上过当时高不可攀的《红旗》杂志。自认为参加高考，别说百里挑一，就是千里挑一也不会有问题。

复习开始了。最初半个多月还要上班，只能挑灯夜战。复习的方法是大水漫灌，因为我和李佳早已走上社会，与教育界完全处在脱节状态，找不到任何人辅导，也没有想到请人辅导,因此没有人给我们划定复习范围,指出复习重点。不是信息不对称,是根本没有任何信息,只能一个人孤岛似的躲在房子里单打独斗。后来才知道,像我们这样报考文科的考生,地方的考生尤其是应届毕业生,有各科老师条分缕析地帮他们整理提纲,梳理思路,强化知识结构。我却想到哪儿查阅到哪儿,补习到哪儿;哪里是盲区,就永远是盲区,没有人提醒你,帮助你拾遗补阙。比如说,今天想到马克思主义有三个来源,马上引经据典,自己动手归纳,然后一式两份复印出来,一份寄给远在广州的李佳,一份供自己用;明天哪位朋友提醒说,历史不能忽视推动改朝换代的农民起义、古典文学不能忘记唐宋八大家,立刻又去查找历朝历代的农民起义和介绍唐宋八大家的文章……就这样盲人摸象,东一榔头西一棒槌,典型的"不知有汉,无论魏晋"。心里想,我的强项在于应对作文和所有可以取得高分的问答题,届时发挥独立思考能力,在每道题上另辟蹊径,像打井一样一层一层往深里挖,一定会占得先机,赢得阅卷老师的青睐。

李佳的户口在南昌,考前半个月回到省城应试。她母亲说,家里有保姆,干脆两个人在一起复习,这样既能相互帮助,互相提醒,又能保证身体需要的营养。考试那天,我们各骑一辆自行车,意气风发地奔赴不同的考场。

政治、语文、史地、数学,一场场考下来,有一种场场都在梦游的感觉。不是答不出来,是许多题目模棱两可,似曾相识,不知道自己是否答对了。换句话说,面对那些躲躲闪闪、声东击西的考题，忽然发现自己没有判断对错的能力，连自己寄希望于高分的思考题，也不怎么自信了。考后找到一位中学老师汇报答题情况，她听了我的答题思路，大惊失色，说糟了，凶多吉少。我心里一惊，说为什么？她说凡高考问答题都有预设知识点，阅卷老师是按照预考知识点判分的。你答对了多少个知识点，得多少分。不怕面面俱到，漫天撒网，就怕剑走偏锋。离开预考知识点，无论你有多么独到的见解、多么深刻的领悟，即使你在考卷上答出一朵花来，也于事无补。

我一听，心里呼啦一声，从巅峰跌入谷底。

唯有语文试卷的作文考完后，我信心满满，自信能得高分。江西那年的作文题叫《难忘的时刻》。我以在故乡井冈山茅坪采访时听到毛主席逝世的消息作为背景，说在一片痛彻肺腑的哀哭中，我踩着沉重的步子，随着蜂拥的人群进入毛主席当年写下《中国的红色政权为什么能够存在？》的八角楼，面对毛主席当年点燃的那盏油灯祭奠他老人家。在迷茫的泪水中，那盏只有一根灯芯的桐油灯渐渐地亮了，像一朵阳光在燃烧、在跳跃，金色的火苗越来越灿烂，越来越辉煌。窗外无论多么大的狂风暴雨都不能把它吹灭。从八角楼这盏灯，我不禁想到长征路上那盏穿越雪山草地的灯，枣园窑洞那盏映红中国黎明的灯，天安门城楼随着新中国诞生的礼炮声冉冉升起的那一个个红彤彤的灯笼。最后说，就是这一盏盏灯，汇成了光明的灯链、光明的灯海；其中最亮的那盏灯，是高悬在我们头顶的那颗永不陨落的太阳。而光焰万丈的毛泽东思想，就是这样一颗永不陨落的太阳，这样一盏永不熄灭的灯。如今毛主席逝世了，但他留下的光辉思想，是永远照耀我们的指路明灯。

1977年的高考江西不公布分数，只发大学录取通知书，考上没考上只看是否收到大学录取通知书。虽然还在阅卷阶段就有消息传到省军区，说我的高考作文如何如何的立意高远，如何如何的思想深刻，在阅卷老师中引起一片赞叹，但非常遗憾，我的成绩被其他科目拖了后腿，名落孙山。让李副政委一家感到安慰的，是李佳榜上有名，而且被著名的杭州大学外语系录取。许多年后杭州大学并入浙江大学，成了985院校。

高考失利，给了我当头一棒，把我打蒙了。用现在的话说，是把我打回了原形，让我感到羞愧难当，无脸见江东父老。回到宣传处上班，心里悲悲戚戚，情绪一落千丈。如同杯弓蛇影，当时无论从哪个办公室传出欢笑声，我都觉得是同事们在议论我，嘲笑我。在这样尴尬的处境中，我感到时间过得特别慢，特别难熬，每天盼望时间快点儿过去。说话间到了1978年春天，此时李佳去了杭州上大学，宣传处有一个上福州军区"五七干校"的名额，时间为半年。因为"五七干校"是"文革"的产物，多少有些变相惩罚的意思，此时派谁去谁都不怎么心甘情愿，处长在问过所有老同志并遭到断然拒绝后，走进了我的办公室。未等他开口，我说处长，是让我上"五七干校"吧？我去！

即将春暖花开的时候，乘坐一列绿皮火车，我逃也似的离开了省军区政治部宣传处。我不知道远方有什么在等待我，但我已经急不可待又义无反顾地走向这陌生的远方。

第二次高考

福州军区"五七干校"地处福建省西北群山绵延的韶武县境内。在我的记忆中，从南昌坐火车出发，过了江西地界，夜半到达福建的第一站似乎就是韶武。那里也像我的故乡井冈山那样到处是山，只是这些山比我故乡的山更矮一些，山上的植物多为灌木和茅草，难得看见一片森林。估计也是贫穷所致，树木都被砍去了，山上光秃秃的，要从烧荒开始重新植树造林。

出现在我眼里的福州军区韶武"五七干校"，坐落在群山环绕的一片洼地里，一字排开的几排房子，完全保持军队营房的格局。抬头便是山冈和原野，看不见一个村庄。我们的任务是学习和劳动。晴天在放火烧过的山坡上开沟种茶叶，雨天在宿舍里读马列。或者上午上山劳动，下午集中学习，开展讨论。我们读的书，肃穆，庄严，是当时上级规定干部必读的《国家与革命》《反杜林论》《路德维希·费尔巴哈和德国古典哲学的终结》等。劳动和学习的环境，像电影《创业》主题歌唱的"晴天一顶星星亮，荒原一片篝火红"。

诚实地说，我们的学习和劳动生活是松弛和安逸的，没有指标和定额，也没有人督促检查，更没有考试。种茶叶是一件技术活儿，但没有人具体指导，我们干成什么样是什么样。虽然有带队干部和辅导老师，但他们也不怎么管我们，有点儿放任自流的意思。这与下放来学习和锻炼的都是年龄偏大的老同志有关，更与我们是干校的最后一期学员有关。事实是，一个大转折和大变革的时代来临了，过去的许多东西将被否定和消除，急剧变化的未来仅仅露出一点儿端倪，让人们感到无所适从。一年后的1979年，伴随拨乱反正的思想解放运动，中央正式下文，全国所有的"五七干校"一律停办和关闭。

我们这批学员来自福州军区各野战军、地方军和县市人民武装部，职务不分高低，职业五行八作，有在领导岗位超编超配的，有满头白发等待离退休的，有在人浮于事的机关多一个不多、少一个不少的，有被领导机关长期借调刚收回原单位的，也有各种无事可做的闲散人员，还有犯了错误被暂时搁置的；再就是像我这种壮志未酬，在领导心里不受待见的，甚至还有不知疲倦地抄写黑格尔的《小逻辑》，期待某一天在理论上一鸣惊人的狂人。

来到干校个把儿星期，劳动上了山，学习听了课，我不禁高兴起来，大声为未来的半年日子叫好。因为我在刚结束的1977年高考中功亏一篑，内心受到强烈震撼，急切盼望半年后在教育部已经公布的1978年高考中卷土重来。"五七干校"

的学习时间正好半年，而且组织如此松散，活计这般轻微，关键是，有大把时间供自己安排。我把初高中课本和能找到的高考复习资料都带来了，这次我准备循规蹈矩，按高考夺分的要求苦其心志，卧薪尝胆。

我下定决心每天起早贪黑，在这半年间拿下所有课程。干校像连队一样，几个人住一个房间；军人讲究内务，统一铺平平整整的白床单，被子必须叠成方方正正的豆腐块，牙缸、牙刷和毛巾连成一线。而这一切，不等到吹熄灯号，是不能动的。但熄灯号响了，别人要休息，你不能搞自己的小动作，打扰别人。就是说，我要复习功课，在宿舍里是不行的，必须另想办法。

经过观察，我发现饭堂是个好地方。干校的饭堂只用来吃三顿饭，每天晚饭后，炊事员收拾停当，空空荡荡的没有一个人，而且灯特别亮，在那里熬夜熬到多晚也没人管。尤其天亮之前，万籁俱寂，没有任何干扰，这时脑子格外清醒，注意力特别集中，学习效果也特别好。像小偷那样踩好点，看好饭堂，我决定闻鸡起舞，每天提前至五点钟起床，比起床号足足提前两个小时。

第二天早晨，天还很黑，我抱着书本轻手轻脚地往饭堂走。拐过几排房子，只见寂静的饭堂灯火通明，如同白昼。定睛一看，早有不同组的张君和朱君坐在那里痴痴地读书！他们两个和我一样年轻，相差不过一两岁。其中朱君来自军区后勤部某医院，立志当作家。张君来自某独立师，他和我们成为干校同学,是因为他的未婚妻是总政某二级部领导的女儿,他不想依赖父辈,希望通过自我奋斗走出一条路。

我们三个既可以说同病相怜,也可以说臭味相投,相互早早地注意上了。特别是朱君,对文学如醉如痴,每次看电影都带着笔记本,在黑暗中忙不迭地记电影里他感兴趣的台词,可谓孜孜不倦。面对这两个人,说心里话,我自惭形秽。

然后,三个人站在灿烂的灯光下,哈哈大笑。

在福州军区韶武"五七干校"学习的这半年,我基本拿下了1978年全国统一高考文科必考的语文、政治、历史、地理四门课。数学也是必考科目,但许多内容我从未学过,凭自学难度极大,只能采取丢卒保车策略,确保语文、政治、史地(历史、地理合为一卷)三门考高分。这是一步险棋,但能否涉险过关,唯有奋力一搏。英语虽然不计入总分,我也把在"文革"中使用的有贫下中农管理学校这种佶屈聱牙的极左教材预习了一遍。让我骄傲的是,寒去暑来的半年过去,我没有偷过一次懒,没有休过一个星期天,甚至没有去过一次近在咫尺的韶武县城。唯一宽容自己的,是每个星期与正在杭州读大学的李佳写一封信。

1978年7月,离高考只剩下十天,我登上了回南昌参加高考的列车。

再次上考场,李佳的妈妈让我住在她们家里,叮嘱保姆重点照顾我的饮食。每次去考场,她都给我两片安定,看着我服下后目送我走出他们家。首长夫人在我们省里条件最好的江西医院当领导，说这是他们的医生摸索出来的镇静秘诀，参加高考的孩子屡试不爽。不知是服下的安定在起作用，还是有备而来，这次上考场，我比几个月前第一次参加高考从容多了，也淡定多了。一场场考下来，每场都有"两岸猿声啼不住，轻舟已过万重山"的心理境界和快感。最后一场考英语，因为不计入总分，只供参考，我这个考场只来了五六个考生。考了半个小时，回头一看，只剩下我一个人。我也想走，但两个监考老师坐在我身边，鼓励我继续考下去，别放弃，看看自己的英语水平到底怎么样。两个老师说，我们陪着你。

参加完高考，一松懈，当天晚上我上吐下泻，像一座被洪水泡软的大坝轰然垮塌。幸好住在李佳家，他父亲一个电话，部队医院开来一辆救护车，把我送进了该院传染科。医生说，我患的是如今已经极少见的复伤寒。听说我从军区"五七干校"回来参加高考，他们判断，我是在给茶叶施肥时沾染的病毒。

或许是心理因素在起作用，我的病虽然让医生护士如临大敌，把我一个人单独隔离在一个病房里，不让出来。医护人员进进出出，都不敢用手推门，而是用戴着护套的脚钩来钩去。但我除去跑肚拉稀，一次次频繁地上厕所，身体并没有多大不适，甚至感到身体格外轻松，格外舒畅。

在部队医院住院期间，我在病房里令人羡慕地接到了省军区宣传处派人送来的江西大学哲学系录取通知书，当时叫政教系马列主义基础专业，我是想到将来回省军区宣传处工作，才选择这个系和这个专业的。

巧的是，李佳——这时我们因为确定了恋爱关系，我已跟着她的父母改口叫她佳佳——的妹妹毛毛，就在我住院的这家部队医院传染科当兵，在这里我见识了一个花季女孩儿接近无限透明的天真烂漫。这个爱背诵老电影台词，总是把"上吊都找不到一根绳子"这句挂在嘴上的小女兵，常来病房看我，每次来都递给我一包卫生纸，然后伸出手说，给我五毛钱。世事难料的是，这个天真无邪，给人以无穷遐想的女兵，两年后竟然自杀了。

当年，说到我跟她姐姐谈恋爱，她说什么谈恋爱，你们是要流氓。

准 岳 母

在之后这眼花缭乱、回忆起来难免让人眩晕的五六年中，我忙忙碌碌，东奔西跑，没有像模像样地探过一次亲，休过一次假；没有把辛辛苦苦哺育六个孩子的父母接来一次省城，让他们见见世面，享受享受城里人的生活，加深我们在不知不觉中变得陌生起来的父子与母子关系。五六年过去，县里的变化，在我偶尔一两次回家探亲时呈现在眼里的是，南来北往的人多了，骑着摩托、穿得花枝招展的人多了，街道两边的店铺逐渐变得琳琅满目。县里狭窄的街道上，在春节前后，来来回回地走着许多穿着洋不洋，土不土，可以说是又洋又土的女孩子。她们是从深圳、东莞、佛山等广东的几座城市里打工回来的年轻农民，臂弯里挎着一看就知道是冒牌货的坤包，说着生硬的普通话。村里基本没有变化，说得出来的是，死了一些人，盖了几栋房子，改了几条路。我家最大的变化，是在我当兵后又生了两个弟弟；父亲所在的建筑公司开始承包了，父亲成了一个领导十几个人的小工头，成功地把当年那个三十九岁的泥瓦工，变成了一个四十六岁，在单位濒临倒闭时的承包者。

那年我正在读大二，忽然有一天，我父亲亲自来南昌找我来了。

父亲左腿的腿弯里，长了一个鸽子蛋大小的瘤子，在县里他没有做任何检查，就给我打电话说，他买好了车票，准备直接来南昌做手术。我去长途汽车站接他，发现他是由大弟立新陪着来的，从车上下来时手里还牵着一个孩子。我问他牵着的孩子是谁？父亲大失所望，说你看你，出来当兵这么多年，连亲弟弟都不认识了。我说，他是三弟立中？父亲说，不是立中是谁？当即父亲弯下腰对六岁的三弟说，叫哥哥，他是你亲大哥。

三弟没叫我大哥，胆怯地往父亲身后躲，说，我怕……

那年我二十六虚岁，穿着在社会上很抢眼也很受尊敬的一套崭新的的确良绿军装，又是一名当时最受追捧的地方大学生，突然见到这么小的一个弟弟，觉得很难堪，沉下脸对父亲说，你来南昌开刀，怎么带这么小的一个孩子来？实话说，这时候我已经看出父亲这次来省城的企图：他是从我那些老乡战友传回去的闲话中听说我在部队混得还不错，甚至跟省军区首长的女儿谈上了对象，想来探探我的虚实。

父亲听我指责他不该带三弟来，心里很不高兴，说沾你当哥哥的一点儿光，我带你三弟来见见世面，不好吗？他也要长大成人，将来也该往外走吧？

我不能说父亲来得不对，但对他给我带来的窘迫，哭笑不得。因为这时我已经是一名副连职干部了，按说应该有一间自己的宿舍。但是这几年，我从一名刚提干的战士匆匆调到团里，又从团里匆匆调到省军区，再从省军区参加全国统考，离开部队去地方读大学。无论在哪个单位，都是刚刚把位置焐热就走了。20世纪80年代初，部队也和地方一样，住房紧张，在过两年就要改编为武装警察部队的省军区独立团和省军区，但凡没有结婚的单身汉，都是几个人住一间。我还算好，在省军区政治部一眼就能看到省委大门的家属院分到了一间旧房子，但我前脚去上大学，后脚就有人补上来了，占了那间房，使我在省军区除了李佳家再没有其他落脚的地方。至于我在读的大学，全中国都是八个人睡四个上下铺，多一个人都住不下，何况家里一口气来了父亲、大弟和三弟三个人！再说铺盖，因为我东奔西走，居无定所，全部的家当就是当新兵时从县人民武装部背来的那个背包，里面一床旧军被，一条被洗得稀薄的旧床单，一块包着几件军衣权当枕头的包袱皮（其实就是一块与白床单配套的两尺见方的白布），再就是一个手提箱，一个帆布挎包，一个人走到哪里背到哪里。

接到父亲要来看病的电话，我回省军区政治部找营房科的人好说歹说，借了一间长时间没有住人的旧房子。打开门，一股霉味扑面而来。谢天谢地，房子里虽然落满了厚厚的灰尘，但有一张床，还是双人床。我买来拖把、笤帚、脸盆和塑料桶，洗洗、涮涮、擦擦，忙了一整天才把房子收拾出来。没有床上用品，李佳的母亲，让她爸爸李副政委也就是我的准岳父写了条子，去省军区招待所借了一套。父亲哪知道，我还没有跟人家的女儿结婚，就得厚着脸皮求他们办这办那了。

住进那间屋子，大弟说，他只请了两天假，第二天就要回县里上班。我问父亲，你马上要住院开刀，我要上课，三弟放哪里？

我带他走啊！我带他去住院。父亲不假思索地说，你只管去上你的课。

我说扯淡！心里一股无名火往上蹿，对父亲说粗话了。他当然不知道，我的准岳母是一个标准的马列主义老太太，在省人民医院担任行政副院长，她是个既讲究身份，又讲究派头的人。父亲来省城住院开刀，我必须找她开后门。而她所在的省人民医院是省直属高干医院，担负省委、省政府、省人大和省政协局以上领导干部的保健任务。普通老百姓可望而不可即。准岳母答应收我父亲住院，而且一来就能住进去，已经给了我天大的面子。我怎么还能得寸进尺，让父亲带一个六岁的弟弟去住院？这太不懂事，太荒唐了吧！我们这样做，违反医院的规定不说，你让老太太的脸往哪里搁？至于我自己的面子，就只能不管不顾了，虽然我十分不情愿用这种事去麻烦老太太。

我对父亲说，不行，你绝对不能带三弟去住院！不仅医院有规矩，不会开这个先例，我们也不能给人家出难题。老太太是医院的领导，是一个有头有脸的人，我们要自觉，不能不懂事。然后出主意说，这样吧，我晚上从学校回来陪三弟住，早晨上学前带他去吃好早饭,下午上完课回来带他吃晚饭。中午这一顿,给他买好吃的和喝的,把他锁在房子里,让他自己吃,自己玩,省得他懵懵懂懂跑丢了。

父亲大惊失色,说怎么着?你要把你小弟弟关起来?不怕把他吓着吗?你的心怎么这么狠啊!他虚岁七个年头,实际才六岁呀!又说,要是这样,我宁愿不开刀、不住院,明天就带他回去。

说着眼睛红了,一个大男人,泪水就要涌出来。

我最见不得父亲动不动就要哭的样子,心里厌烦,说好吧好吧,我每天骑自行车上学,带着三弟去上课,上完课再带他来医院看你。这样你放心吧?

父亲说,这还差不多,只是辛苦你了,谁叫你是他大哥呢。

有什么办法呢?对这样一个父亲,我话说重了怕伤害他;表达不到位,他又不明白,更别说得到他的理解了。如果按他的意思去做,上不了台面,非在众人面前出洋相不可。无可奈何,我只好一忍再忍,能将就则将就。虽然我知道这些年我也在变,变得不那么朴素了,变得常常忘记了自己的来路。

第二天,大弟回老家了,我请同宿舍的一个同学帮我照看三弟,带着父亲去医院找准岳母联系看病的事。敲开准岳母的办公室,我支支吾吾,不知道如何对她介绍我父亲,也不知道如何对父亲介绍她。准岳母看出我犯的什么难,挥挥手说,还介绍什么,坐吧。然后走向我父亲,说老刘同志,让我看看你的腿。

父亲把裤腿撸过膝盖,抖抖索索地背过身子。

准岳母弯下腰,认真瞄了一眼,用手指按按我父亲腿弯里长的那个东西,哑然失笑,说老刘啊,你这哪里是瘤子,我不懂医都知道,就是个普通囊肿。

我和父亲都不懂什么叫囊肿,迷迷瞪瞪地望着她。

什么是普通囊肿呢?准岳母说,我也说不清楚,马上请医生过来。说着拿起电话机,振了几下铃,说外二科吗?我是李院长,请让熊医生到我这里来一趟。

不到两分钟,一个微胖的穿白大褂的医生进来了,对准岳母毕恭毕敬。准岳母如此这般地介绍了一番,让父亲再一次撸起裤腿,给姓熊的大夫看。

熊大夫看了父亲腿上长的东西,对准岳母说,李院长说得对,就是一个普普通通的囊肿,也不算大。

准岳母说,熊大夫,你说怎么办?要拿掉吗?

熊大夫说,其实没什么关系,但还是拿掉好。

那就拿掉!准岳母作决定说,熊大夫,麻烦你回科里开一张单子,把这位刘同志带过去,收了住院,争取快一点儿安排手术。又说,他是我家亲戚。

听说我父亲是院长家的亲戚,熊大夫热情有加,把我父亲和我当下带到他们科预留的一间病房,让我跟他去办手续。

第二天上完课,我骑自行车穿过大半座城,驮着三弟去医院。一进那个科室的走廊,看见父亲手持一根扁担,像青蛙那样一蹦一蹦地从厕所出来。

我吃了一惊,急忙问他,你怎么啦?

父亲说,熊大夫上午安排的第一例手术,就是他。进去十分钟就出来了。

我说,为什么不等我?需要亲属签字呀。

父亲说,你岳母签的字,她说不要等你了,这样会耽误你上课。再说,做这个手术也没有什么危险。

我没有反应过来,父亲又一蹦一蹦地往病房走,我马上拽着三弟追上去。

跟父亲彻夜长谈

父亲的囊肿在准岳母当院长的省人民医院被顺利切除后,很快出院了。临回故乡前夜,在借来那间房子里,我与他和三弟挤在一张床上睡了一晚。

那天晚上父亲有些伤感,三弟睡熟后,特别想跟我说话。这是记忆中我们父子的第一次长谈。两个人背靠床头,各点燃一支烟。我手里端一只空碗,供两个人弹烟灰。一开始有一搭没一搭地聊村子里的事,聊谁家盖了新房子,谁家娶了新媳妇,哪个老人过世了,谁家的女儿跑广东去打工,好几年杳无音信,不知是死了还是跟人跑了。

聊得最多的,是自己家里的事、眼前的事。父亲不到五十岁,正值盛年,即使在农村劳动也还是一个壮劳力;他刚刚做过的手术,对他这个年纪乃至一生来说,是一件小得不能再小的事,可以忽略不计。但他却忧心忡忡,从一个刚切除的无关紧要的囊肿想到了死亡。父亲说,人的生老病死谁能说得清?都是命中注定。比如他腿上长的这个东西,郎中看了,说是无名肿毒，提醒他不可掉以轻心，他就把它当癌症来治，所以来省里请大医院看。万一是恶性的呢？他加重语气说，这样的事也不是没有。俗话说人要倒霉，喝口凉水都塞牙。我对父亲这番小题大做，自己吓唬自己的话，不以为然，责备他想多了，想偏了，是杞人忧天，小题大做。什么是杞人忧天呢？我给他解释说，这是一个典故，说从前有一个人，总怕天要塌下来。你说天怎么会塌下来呢？俗话说天外有天。父亲明白我的意思，苦笑笑，回头看着我说，你毕竟没有结婚，没有自己的孩子，不会从一个父亲的角度看问题，想问题。因为他二十多年在家务农，日晒雨淋的，亏空了身子；去了县建筑公司也是吃大苦，耐大劳，付出了太多体力，觉得自己不可能活到很大的岁数。我反驳他的说法没有根据，他说，万一呢？人不怕一万就怕万一。

我发现父亲说到自己的身体时，总是说担心万一，都有点儿强迫症了。我说，凡事应该往好处想，哪来那么多万一？如果真的像你说的有个什么万一，你也没有什么可担心的。

父亲狠狠地吸一口烟，认真地瞟我一眼，说没有什么可担心的，你难道看不出来？我们一家，你们兄弟姐妹六个，就你一个出来了。你大弟刚进县里瓷厂，勉强有个事做，接下来要结婚，生孩子，能管好自己就不错了；我的商品粮指标，我和你妈妈想好了，将来留给你妹妹，让她顶替。我们就这么一个宝贝女儿，你这个当哥哥的就这么一个妹妹，另几个当弟弟的就这么一个姐姐，想必没有意见。剩下你二弟、三弟和四弟，我担心以后没有能力管他们。我会老，会病，会有动不了的那一天呀。现在最迫切的，是你二弟，他学习成绩不好，学是上不下去了，怎么办？再就是你三弟、四弟，他们那么小，都是你当兵走了以后出生的。你如果不参军，回乡务农，生的孩子也有这么大了。很可能生两三个了。我不担心他们不会读书，以后在家种田。如果这样，那是他们自己的命，怪不得谁，到时大家将就着过，农村人谁不是这么过来的？我作难的是，如果你这两个弟弟想读书，会读书，也像你这样能考上大学，那时我已经老了、退休了，我这点儿退休金既要管我自己和你母亲，又要帮衬你大弟一家，怎么能再供两个大学生呢？这就是我最担心，最牵肠挂肚的事。

我不由自主地笑起来，我说，嘿，别人替古人担忧，你是替后人操心。你这么担心两个小的，但你别忘了，他们既是你的亲儿子，也是我的亲弟弟。在你管不了他们的时候，我怎么会不管他们？我同意你说的，如果他们读书不争气，两个人双双回家种田，只能听天由命，由着他们自己去奔，走到哪一步算哪一步。因为谁都没有义务也没有能力管两家人。如果他们都想读书，又都能读书，将来考上大学，那好办，我来管他们，两个人读大学的费用全部由我出。长兄如父嘛！到了那一天，即使我自己有困难，家里遇到什么麻烦，我都会扛着。

真的？父亲的眼睛一亮，说是啊，都说长兄如父，你将来能替我担这个担子，尽到一个大哥的责任，那是我求之不得的。我这次带你三弟来，就是一方面来治病，一方面来看看你，听你说这句话。现在我心里有底了，能打扁枕头睡觉了。我熬到退休，把你最小的两个弟弟供到高中毕业，再没有力气了，剩下的就是你的事了。

就这么定了，我说话算数！我大包大揽地对父亲说。

看到父亲笑靥如花，我忽然想，他这次来治病，看似有些唐突、冒失、小题大做，但说到底，如我所料，是运用他那点儿农民式的智慧或者说狡猾，来亲自探我的虚实的。想想也没错，我从那么偏僻的山沟里出来当兵，六七年的时间，提干、调省军区大机关、上大学，又找了同是大学生的城里对象，加上我很少回家，他担心我进了大城市，有了自己的前程，从此只顾得过自己的好日子，把父母和一大堆弟弟妹妹丢下不管了。还有，都说我找了一个大官的女儿，他想亲眼看看到底是真还是假；女方家里既然有权、有势、有地位，肯定各方面的条件都好，为什么非要找我们这样的一个平头百姓家的儿子做女婿？他们的女儿真喜欢自己的儿子吗？两个人的家庭背景如此悬殊，将来能不能过好？

带着那么多的疑问来，父亲可谓费尽心机。他虽然没有完全找到答案，比如我的女朋友李佳正在杭州读大学，他就没有见到。但他见到了她的父母亲，我的准岳父和准岳母，而且准岳母亲自安排他住那么好的医院，请那么好的医生给他做手术，效果也那么好，他感到非常满意。他想，我未来的岳父岳母那么高的地位，但和蔼可亲，真把他当亲家，这说明他们没有什么架子，具有平等意识，让他们的女儿与我谈婚论嫁，是真心实意的。至于我每天既要上课,又要骑车驮着三弟早晚去照顾他,也让他真切地看到,我还像过去那么朴实,那么勤奋和努力,到今天仍然在追求进步;我回家少,确实是忙不过来,确实是在不断进取。但我对父母,对兄弟姐妹,一往情深,一点儿都没有变。因此,我提干,我进省军区大机关,我考上大学,确实是用奋斗赢来的。

次 生 林

三十年后,因为父亲病危,我与在石家庄工作的二弟立华和在宁波工作的三弟立中,我们乘坐朋友为我们准备的一辆面包车,行驶在回乡的路上。望着高速公路上一闪而过的路牌,我知道,此时此刻,我们已经走过了赣粤高速南昌至吉安段,奔驰在昌井高速吉安至井冈山段。

南方毕竟是南方,即便寒冬腊月,迎面扑来的,依然是一山山绿油油的树木。我注意到了,这些树木大部分是杉树,在北方,我从未看见过这种树。

已经到与故乡井冈山毗邻的泰和县了,我一直望着山上密密麻麻生长着的杉树林。看到这些静静伫立的树,我有一种久违的感觉,如同老友重逢。都是些次生林,想必是飞播造林,在同一天撒下的种子。一棵棵,一片片,一山山,长得齐刷刷,直溜溜的,像一束束被晶亮的雨水洗净的光,笔直地射向天空;又像一个个绿色军团,整齐划一,步调一致,向着同一个目标挺进,日夜兼程。

次生林是我在当兵后学到的一个知识点，确切地说，是1987年大兴安岭发生大山火时学到的。故乡的山林没有让我遇到这个词，也没有教给我这方面的知识。参军前的日子，我上山砍柴和扛木头，见到的，都是莽莽苍苍的原始森林。在我故乡的这些森林中，还是杉树和松树居多。其中深受文人们赞颂的松树，在我的故乡却不是特别受欢迎的树种，原因在于实用价值不高，乡亲们往往要等待它们苍老至枯死，天长日久之后被风吹倒，再腐朽到只剩下一副骨架，才会想起它们，翻山越岭去寻找它们。因为松树腐朽后剩下的骨架，有一个城里的孩子唯有在书本上才能读到的美丽的词：松明。它们是松树深藏在骨头里的玛瑙，鲜艳、油润，像新鲜劈开的腊排骨，一点就着。我们的祖祖辈辈用它们来照明，夏夜用铁丝编一只灯笼样的火炉，举着这火炉去河流和田野里捕鱼、笊泥鳅。杉树才是我们最爱的树，是我们老家建房和制作家具的首选。在山林归属个人的年代，当主人还在壮年时，就要像留种子一样保留一两棵巨型杉木做棺材。有身份的人讲究棺材的六面都是独木板。早年有钱的财主，还兴葬独木棺。

我说我认识次生林是当兵以后的事，是我在故乡亲眼见过的大片大片原始森林，在经历南昌下放干部和上海插队落户知青，一拨拨往城里运送樟木箱和床板，以及改革开放初期"要致富，先砍树"的瞎指挥这两次断子绝孙般的大砍伐大摧毁之后，差不多到了放火烧荒、重新播种的程度。幸亏南方雨水充沛，土地肥沃，树种播下去，很快就长起来了，几年后又郁郁葱葱。料想不到的是，漫山遍野碧绿的次生林，是那样的生气勃勃，一棵棵、一片片扶摇直上，比原始森林更显得年少气盛，踌躇满志，傲然散发出浴火重生的活力。都知道2008年春天南方遭遇了百年未遇的冰冻灾害，那年我回老家看望父母，坐车路过这里，抬眼望去，触目惊心，被霜雪压断顶冠的树木比比皆是，举目可见，惨不忍睹。但几年过去，它们奇迹般地藏起了伤痕，长得又是那么旺盛，那么意气风发。

眼睛一黑，突然什么都看不见了，原来我们的车钻进了隧道。

杭州楼外楼

　　进入隧道如同进入一个隐喻,至少对于跨越时代的故乡是这样,对于正在这条路上奔走的我们三兄弟也是这样。是的,在过去的三十多年里,走在这条路上,我也有窘迫的时候,狼狈不堪的时候。因此,我对已经多年疏远的这条路,怀着深深的歉疚。

　　那一次,我是非回故乡不可,非走这条路不可。

　　我多年后与李佳结婚,按照父亲的意愿,不论我们在城里是否举行过婚礼,都必须回故乡再举行一次,给亲戚朋友们一个交代。

　　这已经是1982年新年前夕,我在杭州大学七七级外语系读书的女朋友李佳圆满毕业,即将回到省外贸局工作。这是她可以在北京、上海以及她读了四年书的美丽杭州重新做选择的情况下毅然做出的决定。因为她日益年迈的父母,她楼上楼下宽敞明亮的家,她热恋中的男友,她热爱的在任何一个地方都不可能随心所欲挑选的外贸职业,都在这里。她四年苦读,一口流利的美式英语让她如虎添翼；而她的原单位求贤若渴，一直在跟踪她的毕业去向；在她就要结束大学生活时，主动去函，提出让她直接回省城外贸局机关工作，负责最为风光的欧美进出口义务。这是一个可以经常去发达国家考察的部门。要知道，那时候出一趟国是非常难的，但对于他们来说却易如反掌，而且他们每出一趟国，都有彩电、冰箱和音响等大件指标，人们趋之若鹜。

我提出利用去杭州接她的机会旅行结婚。这个轻松、浪漫，不惊动任何人，对她和我都将留下美好记忆的提议，得到她父母和她自己的热烈赞赏。一来她大学毕业，我半年后也将大学毕业，我们顺理成章地把事办了。作为时代的骄子，接下来我们可以一边努力工作，一边生儿育女。二来我们都受过大学教育，不喜欢把婚事办得轰轰烈烈，觉得这样太俗，太没有品位。再就是，我有一种隐秘心理：我穿着军装上大学，住的是学生宿舍，暂时没有工作、住房这种可供落脚的地方。旅行结婚，可以避免这些尴尬。

我把旅行结婚的想法跟父亲说了，他在电话那头急了，说旅行归旅行，结婚归结婚，不能混为一谈。我们是男方，必须回老家办。不然村里的人，还有县里的人，都会说闲话。又说，你老婆佳佳是首长的女儿，已经在县里传开了，人们都看着呢。

父亲的话让我不解，我说结婚是我个人的事，跟村里和县里有什么关系？

儿子，口水会淹死人啊！父亲苦口婆心，在电话那头叹道，和你一起当兵的人有几十个，你有什么事，他们很快就会传回县里。佳佳的父亲是省军区首长，军分区和县武装部受他领导，大家都知道吧？有些事，比方说佳佳家里只有两个女儿，没有儿子，这个你没有对我们说，但在县里已经传遍了。

我说她家有没有儿子，关别人什么事？

父亲耐下性子给我讲道理，他说男方娶，女方嫁，这是自古以来天经地义的事。但偏偏有人说，你跟大领导的女儿结婚，反过来了，是他们家娶你。

我说我不在乎，县里的人在乎什么？我结婚难道要看他们的脸色？

父亲恨恨地说，儿子，你在外面，眼不见心不烦，可以不在乎。但我和你妈在老家，我们在乎！就算村里的人没见识，说东说西，我们可以不管它。但县里的人呢？爸爸在县里做事，我们这么小的一个地方，走在街上不是遇见张三，就是碰到李四。结婚这么大的事，你连老婆都带不回来，要闹笑话的，在一个县闹笑话。

说了半天，我明白父亲是要面子。在这个方面尊重他，满足他，也是人之常情，不算过分。于是我对他说，不是我不能把李佳带回来，既然她成了我的老婆，跟着我回一趟老家还不是小意思？也是应该的。她和她父母通情达理，都说不出什么来。我是怕家里大操大办，弄得半个县的人都知道，到时吆五喝六，许多人前来祝贺，又是送礼，又是喝喜酒，我能忍受，佳佳肯定忍受不了。如果传回省军区，老头子和老太太会不高兴的。

父亲说，我们当然会注意影响，怎么可能大操大办呢？

我说好，我和李佳年前回来，按家里的风俗习惯补办一个婚礼。可以通知亲戚朋友，大家来吃个饭，见个面，简简单单，热热闹闹，饭后一哄而散。

我是在答应了父亲，打电话取得了李佳同意，又通过她取得了她父母的支持之后，才启程去杭州的。列车黎明到站，李佳早在站台上笑脸相迎。她已经把行李打包托运了，随身带着几件换洗衣服和洗漱用品，直接把我接到一家招待所。

当年不兴住宾馆，兴住招待所。那时的宾馆只接待外宾，招待所都供内部使用，党政干部出差办事能住招待所的绝不住宾馆。这叫内外有别。而且改革开放头几年，宾馆还远没有后来那么气派和富丽堂皇。

那是不大的一个院子里的一幢小楼，精致，整洁，幽静，别有洞天，小院里长着几棵叶子肥绿的白玉兰，风吹过来沙啦沙啦地响。从院子里走出去不远，有一家叫"楼外楼"的餐馆。李佳别出心裁地选择这家餐馆举行我们的婚礼。她出生后从来没有离开部队大院，自己又当过兵，父亲和爱人仍然是现役军人，因此喜欢军人的简约和朴素。出招待所时，我问她穿什么衣服，她自己换了一套西装，让我脱下一直穿在身上的便装，换上军装。菜是她点的，有我爱吃的炸茄盒，软炸虾，还有最具杭州特色的西湖醋鱼。两个人要了一瓶红酒，互相碰杯,祝白头偕老。当时都想喝个痛快,喝个酩酊大醉,但喝完这瓶酒两个人仍然非常清醒。

李佳在杭州读书四年,我去看过她两次,杭州可玩的地方如西湖、岳王庙、灵隐寺、保俶塔等,我都玩过了。这次虽说是旅行结婚,但我没有去看风景的渴望,只想着结婚。李佳也一样,两个人在那幢优雅、幽静,院子里开着白玉兰,举目望去每一个都是陌生人的房子里,我们像君王那般,一次次相互祝贺,一次次畅饮生命的琼浆,不管外面发生了什么事。美中不足的是,再过一个星期就要过年了,我提出尊重我父母的意愿,回井冈山老家补办一场婚礼,挤占了我们原定在杭州尽情享受爱情的时间。这让我们无比遗憾地感到,如此美好的事物,原来是短暂的,如白驹过隙。

三天后,我们坐在了从南昌开往永新县禾川镇的长途班车上。

长途班车

我的老家江西省宁冈县实在是太小了，小得省城都不愿开一趟长途班车。我们回家探亲，或者省里的人去我们家乡办事，只能乘坐从南昌至邻县永新县禾川镇的班车。剩下不到三十公里的路，第二天接着坐从禾川镇至我们县城砻市镇的班车，个把小时就到了。县里的干部和有门路的人去省城办事，一般都是由单位派车，天亮前早早赶到永新禾川镇；或者头天下午坐车到禾川镇住一晚。回来的时候也一样，非常麻烦和折磨人。

我原来没有考虑回家结婚，就有交通不便的原因。李佳没有吃过那种颠簸之苦，实在是委屈人家。还有在乡村上厕所、洗澡、应付无数陈腐礼节等诸多麻烦事，我想，何必呢？

父亲在电话那头手拍胸脯说，这算什么呢？县里没有出租车，我们可以动员亲戚朋友找便车。万一搭不上便车，在永新禾川镇住一晚，第二天坐班车回家，也没有什么大不了的。

长途班车在黎明前的黑暗中迎着凛冽的寒风启程，沿途过每个县,都要停下来上下人,每过一个大一点儿的乡镇都要停车。车开出没多远,就有人呜呜哇哇地吐,憋屈又寒冷刺骨的车厢里,空气污浊,实在难闻。走了两三个小时,从省城上车的人差不多都下车了。像我们这样一站坐到底,总坐在原来位置上的,极少。中途上来的旅客,背铺盖卷的,挑箩筐的,怀里抱着孩子的,蛇皮袋里装着还在滴血的猪肉和鲜鱼的,南腔北调,吵吵闹闹。大半天车坐下来,你能想到的两个字,就是煎熬。

我和李佳带着她母亲为我们准备的两大包烟、酒和喜糖,过道上塞满的人和箩筐,把我们挤得不能动弹,连站起来伸个懒腰都不容易。半路上停车方便,都是简易厕所,用来遮挡视线的草席和化肥袋子,被风吹得飘了起来。女人进去,看得见急不可待蹲下去的白屁股,听得见稀里哗啦排泄的声音。李佳怕上这样的厕所,不吃不喝,宁愿憋着。一路上十几个小时,我如坐针毡,担心她坚持不下来。

李佳是个非常厚道和善良的人,她初中读完去广州当兵,人还小,紧急集合,站夜班岗,野营拉练,这些苦她都吃过。见我那么紧张,她反倒笑了,让我放松,不要为她操心。不是去你老家吗?你十几年都能活,我坚持几天有什么问题?她说。

下午4点多到达永新县禾川镇。车还没有停稳,我就看见大弟立新和他的未婚妻桃月站在车站的屋檐下翘首以盼。他们两个人是同事,都在没改制前的县会师瓷厂上班。接上我们,他们各自帮我们背一个包,往城外走。

禾川城外有一座水泥桥，是回我们宁冈县的必由之路。大弟说，他与父亲的一个同庚朋友的孩子约好了，下午6点钟以前，在那里搭他的便车。父亲那个同庚朋友的儿子叫小勇，是个卡车司机。上午，他们就是搭他的车，从砻市来禾川镇的。

问题就出在搭便车上。我们在禾川城外那座水泥桥上，从下午5点等到6点，又从6点等到7点，再从7点等到8点，始终不见小勇和他那辆卡车的影子。正值寒冬腊月，滴水成冰，我们站在北风呼啸的水泥桥上，饥寒交迫，越等越着急。开始还有几辆车驰过，到后来，连只飞过的鸟都没有。当年没有手机，附近也找不到座机。就是能找到电话，你打给谁？打给小勇吗？谁知道他在哪里？！打给村里？村里有电话吗？大队部过去倒是有一部，但此时已分田到户，生产队解散了，大队干部有名无实，都回家去种田了。大队部用一把锁锁着，里面长出了青苔和蛛网。

我担心李佳扛不住，快到6点的时候，提出返回禾川镇，找一家旅馆先住下，或者去永新县人民武装部请求帮助。李佳不同意，说一天的苦都吃了，她还可以坚持下去；她尤其不赞成去武装部求援，说我们不能去麻烦他们；我们一去，县人民武装部部长和政委马上会给她爸爸打电话，告诉他怎么照顾我们，这是他爸爸不允许的。大弟两口子也说，这么久都等过来了，再等一等，还是当天赶回去好。我后来才知道，家里已经来了很多亲戚朋友，唢呐和烛火准备齐全，正准备闹洞房呢。

腊月的天黑得早，不到下午6点，就看不清人影了。到了晚上8点,公路上黑黢黢的,连个鬼影都没有,一股无名火蹿上来,我用家乡话厉声对大弟说,你们让我丢人现眼!就知道催我回来结婚,为什么不弄一辆车来接一下?

大弟无语,惊愕地望着我,好像不认识我了。然后,他哭丧着脸,艰难地吞下一口唾沫,哀哀地对我说,哥,你难道是从天上回来的?你让我们弄一辆车来接你们,不知道父亲是个泥瓦工,我也刚进瓷厂,我们去哪里给你们弄一辆车?又说,我们就这个条件,死也死不出来一辆车呀。

我压不住心里的怒气,又说,既然弄不到车,让我们回来结什么婚?我倒无所谓,人家李佳第一次来我家,你让我的脸往哪搁?

大弟像受了莫大的委屈,申辩说,哥,这是你自己结婚,回一趟家理所应当吧?冲我发什么火?父母让你们回来办个婚礼,既是了结他们的一桩心愿,堵住别人说闲话,也是为你着想,让你记住,你是从这里走出去的,根还在这里。

我依然怒气冲冲,说,我已经四海为家,为什么非要回来结婚?说句老实话,我努力到今天,就是不想重复老一辈人的命运,要在外面安一个家。

大弟深深地叹一口气,有些于心不忍的样子,但他还是把话说出来了。他说哥,我说句不好听的,请你别生气,你是不是感到你出去这么多年,提了干,上了大学,找了军区副政委的女儿做老婆,就高人一等了?

我心里一惊,说你放屁!我怎么会感到高人一等呢?如果我有这样的想法，那我这兵就白当了，大学也白读了。

大弟说，就是啊！我承认，时代在变，每个人都在变，都希望过好日子。我们只是希望你不要找了老婆忘了家，结婚后能经常回家看看。爸爸妈妈一天天老了，变得比过去更想念儿女了。像你这次结婚，说到底，是满足他们的心愿。

李佳也烦躁不安，见我与大弟争论不休，虽然听不大懂我们说的宁冈话，但明白是出于对她的歉意，就说你们两兄弟别吵了，看来车是等不到了。既然没办法回家，那还是先在禾川住一晚。不妨先去把车票买了，明天一早坐班车走。

都同意李佳的提议，但大弟说，这样吧，哥哥和嫂子先住下，我们再等一会儿。如果能等上小勇的车，我们先回去给家里报个信，免得父母不知道发生了什么事，心里着急。万一等不到车，再来找你们。我和李佳说好，就去镇上住下了。

大弟他们真等上了车，原来小勇的车出了故障，在路上耽误了几个小时。

第二天，我和李佳坐班车回到县里，大弟和赶到县城来迎接我们的妹妹梅秀，为我们备好了两辆自行车。我们骑车回村里，快到家里的时候，远远看见屋里屋外高朋满座，桌子从厅堂摆到了门外的晒坪上，父亲为我们准备的婚宴已经开席了。那场面，称得上轰轰烈烈。

头天晚上住在禾川镇的一个简易旅馆里，我做好了李佳的工作，请她一定要入乡随俗，配合我把这场婚礼对付过去。无论家里怎样铺排，她怎样看不惯和不适应，都要忍住，不能让我父母和我在乡亲们面前丢面子。她说我懂，一定努力配合，不就是你说是庙我磕头，你说是灯我添油嘛。她还开玩笑说，在我老家宁冈乡下为我们补办这场婚礼，我是男主角，她是女主角，多么有意义啊！她一定倾情投入，争取留下美好的记忆。结婚就是嫁鸡随鸡，嫁狗随狗嘛，她说。

听见她说这番话，我感动得眼泪都出来了。

进村了，陪同我们骑行的大弟两口子和妹妹梅秀，还有好几个骑车迎上来的高中同学，我们一起摇响清脆的铃铛。路两边鞭炮齐鸣，鼓乐喧天。

山上一棵树

几十年后,阳光如瀑,我们乘坐的车在高速路上钻出隧道的一刹那,光芒倾泻而来,刺得睁不开眼睛。但下一个隧道又迎面扑来。快到老家了,穿过山山岭岭的高速路,是用一个又一个隧道连接起来的,刚出一个隧道,又进下一个隧道。就在这时,我看见迎面扑来的那个隧道口上方立着一棵奇怪的树。我对两个弟弟说,你们快看,看那棵树!

两个弟弟未找到那棵树,我们乘坐的车便钻进了隧道。三个人坐在那里一动不动,像三座雕像沉浸在短暂的黑暗中。

汽车再次钻出隧道时,两个弟弟问,哥,刚才你让我们看一棵什么树?

我说,是一棵杉树,我看见这棵杉树用打开的树枝,在隧道口上方写了一个奇怪的字。我是先看见那个字,才认出那是一棵杉树的,有点儿触目惊心。

一个字?一个什么字?两个弟弟大惑不解。

我没有说出那个字,但告诉他们,我觉得我们亲爱的父亲已经不在人世了。

两个弟弟不胜惊诧，目不转睛地望着我。我知道他们的意思：我们三个从南昌上车后，始终坐在同一辆车上，形影不离；途中，我既没有单独接过任何人的电话，也没有给谁打过电话，我凭什么断定我们的父亲不在了？就凭那棵树？

三弟说，哥，你有预感吗？

三弟立中是三十年前父亲在南昌开刀时带在身边的那个孩子，那年他六岁。我说过，他是我1972年当兵以后出生的。在他之后，父母又生了更小的四弟立军。两个人相差三岁。父亲退休前，两兄弟住在单位分给他的那间宿舍里，分别在县城的龙江小学和县中读书，之后一个考入我的母校江西大学，一个考入井冈山大学。如今，三弟在宁波一家报社当编辑，四弟在惠州市委党校当教员。

我们的父亲最为人称道的，就是自己大字不识，但一直供六个儿女读书。三弟和四弟考大学时，他每天起早贪黑，从家里骑自行车上下班。同时把母亲准备的米和菜，衣服和其他用品，送给两个弟弟，保证他们衣食无忧。当然，再不是物资匮乏的年代了，两个弟弟此时不仅能吃上肉，还有新鲜蔬菜。

三十年后坐在眼前的三弟，带领四弟，在县城展开一生中最初的突围。

比我小二十岁的三弟，继承了父亲几乎全部的基因：性格内向，处事低调，言语不多而与世无争。个子也像父亲那样中等偏下，没超过一米七。但他是一个心里有谱有方向的人，看准了的事情默默用功，全力以赴，当你只是看出点儿苗头，实际上他已大功告成。比如他读大三那年，我偶尔与他聊到足球。那时我对欧洲五大联赛尤其意甲如数家珍，想不到他比我还熟悉，还头头是道。我问他每个问题，他对答如流。我说你的足球功课做到这种程度，是想当足球记者吗？他说，也可以作为一条路备选吧。一年后，他果然成了一家足球杂志的见习记者。

母亲对我说过，别看你三弟不哼不哈，但他管你四弟管得很认真，对他很凶。那几年四弟如果没有他管着，不会考上大专后依然嫌学历低，继续卧薪尝胆，最终考上了广东省委党校的研究生。母亲还说，三弟管四弟的那些年，就是他带着四弟住在父亲那间宿舍里读书的日子。从他自己读初三、四弟读小学四年级开始，他们有四五年时间朝夕相处。三弟既是四弟各门功课的辅导老师，随时为他释疑解惑；也是他的家长，管他吃饭、睡觉、起床，定期带他出去健身跑步。两个人住在县城，生活完全自理，父母亲省事又省心。

四弟是我们家的老小，母亲多次对我说，因为他小，他们难免宠着他，但三弟不宠他，照样像老师那样要求他，教训他。遇到四弟偶尔偷懒，或者在学习上投机取巧，他会动手。

三弟大学毕业后，回到吉安，在地区交通局下属的《京九经济报》当记者。正好四弟在吉安读大专，两兄弟又走到了一起，仿佛他分回吉安就是来继续陪护四弟的。四弟大专毕业，他带着他远走高飞，去了经济蓬勃发展的宁波闯天下。但接收四弟的那所中学当时比较偏僻，他留在县里的女朋友不想离父母太远。在左右为难中，他把户口迁过来又迁回去。在老家工作几年后，遇到几件不愉快的事，两口子后悔莫及，才动了考研究生去广东发展的心思，终于如愿以偿，最后四弟把老婆和孩子带到了经济发达地区。

在这两个最小的弟弟渐渐长大的十几年里，我在部队很少回家，与他们失去了许多亲密接触的机会，使他们对我倍感陌生并敬而远之。20世纪90年代最后的那几年，他们相继考上大学，那时我每月的工资不足一千元，但工资发下来，我直接揣着工资袋去邮局，给他们各寄二百元。两个弟弟深受古训"滴水之恩当涌泉相报"的影响，每次收到汇款，都把汇款单上那张手指般细长的留言条剪下来，精心保存。至今还用来教育他们的孩子：人生在世，必须懂得感恩。

许多年又许多年后，两个最小的弟弟大学毕业了，分别工作了，结婚了，生儿育女了，又在各自立足的城市浙江宁波和广东惠州扎下根，眼看着家庭兴旺，事业有成。我为他们感到由衷的高兴。在相互越来越多的走动中，和有数的几次相约回乡探亲中，我们接触多了，有了更多的交流和表达亲情的机会，后来变得无话不谈，年年月月心心念念。

我爱他们，也爱他们的夫人和孩子，尽我所能帮助他们。

他们也用同样的方式爱我，爱我的夫人和孩子。我们知道，这是一种血脉和基因在各自的身体里延伸和流淌；亲情的融合和渗透力，与生俱来，没有什么力量可以抗拒和分割。

有一天，我忽然意识到，在许多年前，不是父亲把帮助两个弱小弟弟的担子交给了我，而是把一个以亲情拥抱他们，爱他们的机会交给了我。再或者，这是他在有意无意中，留下的一个锦囊妙计，让我们相互把爱唤醒并珍藏在心中。

回到回乡的路上，回到我们坐着的同一辆奔丧的车里，当我说"我们亲爱的父亲已经不在了"时，二弟和三弟后来说，他们的心一阵哆嗦，仿佛被雷击中。

我对他们说起了我看到的那棵立在隧道口上方的杉树。我说，我看得清清楚楚，那就是一棵杉树。你们知道，杉树的树干长得都很直，从主干上长出的树枝向四面伸展。但那棵树的树枝不知是被人砍掉了，还是被风刮断了，只剩下光秃秃的几枝。不可思议的是，我看见这几根树枝长成三横一撇，下面一个寸字。

两个弟弟陷入了沉思。少年老成的三弟突然说，我懂了，那是一个"寿"字。以此看来，父亲这次病危没有挺过来，已经睡在棺材里了。因为老家俗称六块板的棺材两头，不是雕着一个"寿"字，就是漆着一个"福"字。

二弟说，有道理，记得老家的人直接称棺材为寿木。

我就是这么想的，我说，我觉得这是一种心理暗示。

不到半个小时，我们已经穿过地处厦坪的新井冈山市，就要进入跨度漫长的鹅岭隧道,大弟立新和妹妹梅秀坐车从对面迎了上来。同样是心理感应,我们都猜出了是对方,同时让司机停车。

我看见大弟和妹妹走下车来,手臂上戴着黑纱。

阿尔茨海默病

父亲去世那个秋天，正是他吃错药被抢救回来后的那些日子。四弟立军有一天告诉我，父亲患上了老年痴呆症。四弟刚参加公务员考试被惠州市委党校录取，一去上班，单位就给了他一套挺宽敞的过渡房。他马不停蹄，回到老家把在乡村小学教书的夫人媛兰和即将上学的女儿淡如接过去。

惠州是被人们忽略的一座历史名城，有许多名胜古迹。20世纪20年代，北伐军路过这里时，曾在这里展开著名的攻城大战。近在咫尺的深圳虽然名声响亮，在短短的四十多年中，梦幻般地冲进了一线城市的行列，但在几十年前却是惠州旁边的一座渔村。在全国宜居城市排行榜上，惠州常常名列前茅。

四弟对惠州这座城市，对市委党校给予他的待遇，非常满意，如同他对前途充满信心。但在回到老家接夫人和孩子的时候，他发现父亲情绪低落，默默地把许多话憋在心里，对他们的离去表现出恋恋不舍。四弟说，他是父母最小的孩子，尽管二哥和他上面的姐姐也在县里工作，他读完大专辗转宁波回到老家担任中学老师，同样受到父亲的欢迎。而且，父亲早就有把他留在身边的心愿。父亲觉得他读了大专，回到县里当个中学老师，已经很体面了，无须再折腾。但在乡村中学教了两三年书，四弟遇到一些事，感到非常失望，心里被那所乡村中学的桩桩件件怪事堵得横七竖八，解不开了。例如，有的老师辞职去广东打工，校长却不上报，把名额隐瞒下来吃空饷；他和其他老师带领学生去外地参加各种比赛，回到学校后竟不给报销差旅费，要他们个人自己掏腰包；有的老师打麻将上瘾，上课时间也照打不误。课间铃响了，让另外三个人等着，说他去撒泡尿就回来，实际上是去课堂上布置学生自习，接着跑回来继续玩。四弟是个有追求的人，在这样的环境里待不下去，几次申请往县城中学调，却屡屡受挫。有人递话说，是因为他没有给县城中学的校长送礼（糟糕的是，县城中学那位校长还是我比较要好的初高中数年同学）。在极度困惑中，四弟卧薪尝胆，拼了命地去考外地的研究生。目的只有一个：逃离故乡。他想像我当年一样奋翅高飞，逃得远远地。

那年我去深圳讲课，绕道去惠州看四弟新安的家，他亲口对我说了这些。我走进他那套虽有些潮湿，但确实比较宽敞的房子，看见他草草搬过去的纸箱子，有好几个还未打开。弟妹还没有正式调过去，正在家里闲着，六岁的女儿到了追动画片的年龄，也不给她们买台电视机。到了晚上，三个人各看各的书，一个家冷冷清清的。我责备四弟说，一家人历尽坎坷，好不容易团圆了,为什么弄得这么简朴和寒酸?说着,掏出这次在深圳的三千元讲课费拍在桌子上,让他立即去买一台彩电。我说,作为一个顶天立地的男人,不能委屈了妻子和女儿。四弟把钱塞回给我,说哥,你不要再给我钱了,不是我买不起电视机。说实话,在广州读书,钱并不难赚,我写文章和给县市党校业余讲课,都有报酬,买几样电器不在话下。你看见我这个家比较简朴,没有布置,有些纸箱没来得及打开,还有我的情绪比较低落,不是经济原因,是因为父亲。我说为什么?父亲怎么啦?水往低处流,人往高处走,是人之常情,父亲应该为你感到骄傲,为你的一家感到高兴!四弟说,哥,事情不是你想象的那样。给你直说吧,我是老小,几年前我没来广东读研究生时,在父母身边待的时间最长,最了解父母。来外地读研究生了,也是我回家最勤,因为我个人的小家就安在父母家里,老婆孩子都以这里为根据地;我回家,在几十里外的乡村小学任教的妻子也马上带着孩子回家。再说,在父亲看来,我在多么远的地方读研究生,也还是个学生,没有我和我一家将离开他的心理准备。但渐渐地,不知不觉地,我发现父亲变了,变得沉默寡言,变得不爱说话了,反应明显比过去迟钝,经常坐在那儿发呆;眼里黯然失色,像在看什么,其实什么也没有看。种种迹象说明,他是大脑萎缩了,患了老年痴呆症。当我考上惠州党校的公务员,就要带着妻子和女儿离开他们了,我看见他的眼里含着泪水,欲掉未掉,一副失魂落魄的样子。因此,这些日子我的心里很矛盾,我内疚,我想我走这一步，对我将来的发展，对妻子和孩子的生活质量和学习条件来说，肯定是对的，是有益的，你也一直支持我们往外走。但对于父亲来说，却未必，甚至我觉得是残忍的。

我极端震惊，说我虽然回家不多，跟父亲相处的日子有限，但没有发现他有这么大的变化；我觉得他一天天老了，话不多，行动比常人慢半拍，也很正常，毕竟是七十多岁的人了，符合自然规律。四弟说不对，我长期和父亲生活在一起，会在许多细节上感受到他与过去不一样。比如我平时叫他爸爸，常常叫了很多声，他都不答应，显然是他的听觉大不如前了；他还时不时自言自语，丢三落四，有些行为很反常。四弟还说，他怀疑父亲犯上"老年痴呆症"后，上网查过，知道我们通常说的"老年痴呆症"，就是电视里经常科普的阿尔茨海默病，在国外很普遍，成了司空见惯的社会病。这种疾病的产生，与遗传、性格孤僻或脑部损伤等因素有关。伴随日渐衰老，患者会出现记忆力下降或丧失、听力下降、动作迟缓等症状；病情严重的会出现迷路，大小便失禁，生活不能自理等症状。父亲虽然没有走到这一步，但离这一步也不远了。

听了四弟这些话，我久久无语，心里感到异常沉重。我想证明父亲是正常衰老，不可能犯老年痴呆症，其实是心存侥幸，自欺欺人。对四弟的感觉、观察和判断，我没有理由否认，也不能不听。因为他年轻，不仅长年生活在父亲身边，而且比我们这代人接受了更多的现代医学知识。除此之外，我想我作为长子，理应与父亲走得更频繁一些、更近一些，对他的身体和各种生活习性了解得更多一些。可是这几十年，我忙忙碌碌，东奔西跑，虽说经常给两个老人打电话，不断地给他们寄点儿钱，但在不知不觉中，却是用这些外在的没有温度的东西，代替了对他们的嘘寒问暖，体贴入微。结果几十年匆匆过去，一觉醒来，他们老了，我也快退休了。当我确定无疑地相信父亲真的患老年痴呆了，面对比我更细心也更用心的四弟，在心里，情不自禁地涌起了一阵从来没有过的自责。

回到北京后，我在父亲的精神状态听起来不错的一个上午，跟他在电话里聊天。那时大弟给父母买了一个老年手机，他们就用这个功能简单的器物与散落在各地的儿女保持联系，倾听他们的思念和问候。我告诉父亲，我刚利用出差深圳的机会去惠州看四弟了，惠州与深圳离得很近，他们一家人在那边生活得很好；单位也不错，他刚上班就给了房子，看来他的选择是对的，吃那么大苦考研究生也值得。

父亲在电话那边是啊是啊地应答着，说到四弟把一家带出去，能够去那么好的城市安家，被那么好的单位接收，我再次肯定他考研究生是明智之举。父亲说他也为四弟高兴，但语气中流露出几分失落，说其实留在县里也挺好，家里需要有人守；他和母亲的年纪都大了，病也多了，希望身边多有几个跑前跑后的人。说到这，我认真了，言语中或多或少地有了不可置疑的成分。我说父亲，你还是想把四弟留在身边啊，这我可要批评你了。四弟有能力考研究生，也有能力把老婆孩子带出去，在他喜欢的城市里追求自己的事业，过更好的生活，这是多么好的事呀，你应该支持他。做儿女的如果没有雄心壮志，甘愿在家里守着父母，有什么出息呢？父亲马上说，对对对，你批评得对，我不应该鼠目寸光，想着把你四弟留在身边，这样会耽误他的前程。爸爸是人老了，想问题想得太实际，太自私了。

说着，父亲思维跳跃，不知怎么就夸起我来了，他说他和我母亲都是乡下人，他去了县建筑公司当工人，也阿弥陀佛，离不开吃大苦，流大汗。他们为什么会这样？因为家里没有任何背景，他们做父母的没有文化，更没有什么本事，这是命啊！只有指望孩子有出息，能翻身。但我和下面的弟弟妹妹都出去了，而且一个比一个好，在村里和乡里找不出第二家，这是我这个当大哥的当得好，头开得好。又说亏得我帮了他的大忙，记得当年他去南昌开刀的时候曾经对我说过，将来他老了，无力供两个小弟弟上大学了，希望我能挑起这副担子。想不到他们两个真的都考上了大学，我也真就供他们读完了大学。两个人有这么好的日子，这么好的前程，他这个做父亲的，真是难为我了。

"难为"在我们故乡的语义里，有特殊的含意，其中有"千恩万谢"的意思。当他说出这两个字，我马上截住他说，父亲，我又要批评你了：我是你的大儿子，亲儿子，俗话说长兄如父，供两个弟弟上大学，替你分忧，是我应尽的义不容辞的责任。我还想过，这是你给我的一个关爱两个弟弟的机会，你怎么难为我呢？是我要难为你。

不知父亲是真激动，还是真的心怀歉意，他听了我的话后，马上改口说，哦哦，老爸错了，老爸又说错了。你批评得对，我虚心接受，以后再不说难为你了。说到这里，他忽然哭了起来，不是像过去那样眼圈说红就红，泪水盈在眼眶里，用上面的牙齿咬住下唇，况且这些在电话里看不到也感受不到。他是哇哇地哭，嗷嗷地哭，大雨倾盆般地哭，山洪暴发般地哭，哭得天崩地裂，地动山摇。我在电话这头被他吓坏了，对着话筒喊，父亲，你这是怎么啦？为什么这样哭？是我说话不当，让你伤心了吗？还是我过去有什么做得不对的地方？在什么时候不理解你，不尊重你？如果是这样，我现在向你道歉，真诚地道歉。父亲说不是，我没有什么做得不对，更没有哪里对不起他。他是真心实意地"难为"我，真心实意地感谢我帮助了他，成全了两个弟弟。这个时候，他什么都没有想，就是想哭，想大声地哭。

这个电话是被母亲挂断的。我跟父亲通话时，母亲每次都坐在一边，往往是父亲先接电话，我们互相报个平安，他马上把电话交给母亲。这次像二十多年前我们在南昌的那次长谈，父亲就是想和我说话，就是想把儿子们一个个远走高飞给他造成的心里落寞哭出来；或者还有病理的原因，他就是想倾吐，想发泄和清空心里的块垒。母亲夺下他的电话，对我说，你父亲这些年真的变了，要么什么都不说，像个哑巴；要么像喝醉了酒，天上地下，南老爷，北老爷，我看他是迂了，缺了。

放下电话，我怔怔地坐了半天，心里苦涩无边。这么说吧，在我们老家的方言里，"迀"是迂腐的意思，"缺"是指一个人大势已去，差不多要油干灯枯了。我坐在那儿悲凉地想，我那厚道的劳碌一生的父亲，真要油干灯枯了？

孝子贤孙

父亲仰面朝天,躺在停放在新祠堂大堂正中央那口漆黑的棺材里。

多年前用来开大会、吃食堂和开办民办小学的新祠堂,地面被一大片嫩黄的青苔大面积地覆盖着,异常阴冷、死寂和荒凉。即使数九寒天,那些青苔也依然在不管不顾地生长和蔓延,仿佛一片细小的蚂蚁在缓慢移动。看一眼,让人忍不住要打一个寒战。唯有安放父亲棺材的四周,被零乱的脚来来回回地踩出一圈光溜溜的痕迹。看见那些零乱的脚印,你想象得出来,在这之前三个自然村一个接一个的逝者身旁,堆积了多少哀伤和悲痛。

应我们的要求,司机把车直接开到停放着父亲棺材的新祠堂门口,让我们三个从外地赶回来的兄弟直接去瞻仰父亲的遗容。越过横放在棺木前的供桌,我一眼看到棺材顶部雕着的那个"寿"字。供桌上白烟袅袅,放着一个落满灰烬的香炉,一只煮熟后被冻得蜡黄的公鸡,一盘水果。香炉前摆着父亲的黑白遗像。三弟说，这是父亲照得最好、他自己生前最满意的一张相。我们在父亲的遗像前默默跪下，都没有哭，是想哭但哭不出来。

棺盖虚掩着，跪拜完父亲，大弟和妹夫把棺盖小心地移开，可怜的父亲以长眠的姿势出现在我们面前。他比活着的时候小了许多，穿着青色的寿衣，戴着一顶类似穆斯林那样的棉布帽子，也是青色的。嘴微微张开，像有许多话要说终没有说出来。一阵风呼啸而来，我抬眼望去，祠堂的门窗洞开，没有一扇窗户有玻璃。故乡的寒冬特别冷，割面的寒风乘虚而入。我不禁想，父亲独自躺在新祠堂的这个棺材里，他冷吗？是否要再给他盖上点儿什么？

回到家里首先安抚母亲，三兄弟又在她面前齐齐跪下，请她不要悲伤。母亲泥塑般地坐在炭火旁，面无表情。炭盆里的火熄灭了，渐渐冷了的炭灰，雪那样白。这时我才发现，大家忙于处理父亲的后事，竟把悲伤中的母亲遗忘了。其实她最应该得到安抚。但母亲不在乎。我们跪在她面前，她没有哭，也没有叫我们起来。沉默了近一分钟，她喃喃有声，像自言自语，又像郑重其事给我们一个交代。"你爸不想死，"她说，"这是我能感觉出来的。因为这些年他经常念叨，说如今的生活好了，儿女们也都有出息了，如果能多让他活一条运就好了。不过，他过完年就七十七岁了，不算短命。"

一条运为五年，故乡的老人喜欢把余年折合成一条条运来计算。仔细想想，觉得源自算命先生的这种纪年方式有一定的道理。我 2016 年去成都拜访著名的百岁老人马识途的时候，得知他过了九十岁后的生存方式，就是每五年作一次计划，过完五年再计划五年。

母亲接着告诉我们父亲病逝的经过。你们的父亲发病时天还是黑的，她说，我们睡在家里右手后面那间屋子里，前面两间留给你们在外地工作的几兄弟回来时睡。床上铺着睡了好几年的沙发垫子。已经是下半夜了，你们的父亲像往常一样，轻手轻脚地起来解手。他用手撑起身子，把脚探向地面找到鞋子。我被他吵醒了，把灯拉开。忽然他撑在床沿上的手软了，人扑通一声摔了下去，像一堵墙倒了。我慌忙爬起来，还埋怨他这么大一个人，在床上都会摔倒。他哼哼两声，说人老了，手没有力气了，一滑就摔倒了。说着，他想翻身爬起来，但怎么也翻不动身子，爬不起来。我就去拖他，想把他拖起来。可我怎么拖得动他呀，又怕他冻着，就把被子拖下来，盖在他身上，陪他说话。但他不想说话，眼睛都睁不开，很快就睡过去了。这时天还很黑，村子静得像深山老林。我知道正是深更半夜，离天亮还早，不能让他总这样躺着，必须把他弄回床上去。就给他盖好被子，自己穿上衣服，出门去村东头找你小叔。你小叔家的院门关着，从里面闩死了，我站在他睡觉那个房间的窗户下，边敲窗子边喊他的名字，说金魁，你快起来，你哥哥不小心从床上摔到床下，爬不起来了，我怎么弄得动他？你来帮帮我们。你小叔立刻起床，跟着我一路跑到我们家，把你们的父亲弄回床上。

整个过程，父亲处在任人摆布的半睡半醒之间。回到床上后，小叔认为父亲无大碍，回家接着睡。母亲心里不踏实，连夜给住在县城的儿子立新和女儿梅秀打电话。立新和梅秀立刻起床，骑上摩托车往家里赶。

母亲思路清晰，语速平缓，把父亲出事的过程说得简明扼要，看不出一点儿哀伤和悲痛。她说的小叔金魁，就是我"文革"中历经九死一生的小叔刘金魁；她说的儿子立新和女儿梅秀，是我在县瓷厂工作的大弟和唯一的妹妹。我们留在故乡的父母，亏得他们两个照顾。

母亲说完父亲出事的过程，又说起一些往事。她说父亲虽然怕死，不想死，但他对死却有准备。他把他死后要烧的纸都准备好了，亲手一刀一刀，一沓一沓，给那些纸钱打上冥国银行的钢印。又买好了几百块砖和几十担沙子，请人挑到祖上他选定埋他的地方。他说，这些早晚都是要做的，他生前能做多少是多少，省得到时他死了，儿女们在求人办事时，一次次下跪。"那样，膝盖都要跪破。"他说。

听到这里，泪水簌簌地盈在我们的眼眶里。

故乡很久以前留下来一种习俗：死者的后代都是孝子贤孙，见人矮三分，办丧事的时候必须向村里所有的成年人下跪。尤其要跪抬死者上山的八大金刚，从老人死后到出殡，八大金刚在家里吃饭，每顿饭前儿女们都要跪倒在地，不管你当了多大的官，发了多大的财，都不能省略，否则为不忠不孝。

三个儿子从远方归来,母亲感到有许多话要对我们说。我知道,她是觉得必须给我们一个交代。说着说着,看看门外没有人,她压低声音说,你们的父亲说了,你们都是读书人,膝下有黄金,哪能给什么人都下跪呢?

父亲在弥留之际

　　父亲的死亡和死亡之前对他的救治，妹妹梅秀的说法与母亲略有出入。事实是，父亲送医后，母亲一直待在家里，她后来对我们说起的那些事，都是大弟立新和妹妹梅秀告诉她的。母亲1934年生人，只比父亲小一岁，那年也是个七十六岁的老人了，记忆难免错位，说话不知不觉有些丢三落四，前言不搭后语；加上她晚年丧偶，正陷入突如其来的巨大悲伤和恍惚中。与第一亲历者梅秀相比，我对我这个亲妹妹保持更高的信任度。

　　梅秀是父母唯一的女儿，也是她的三个哥哥唯一的妹妹，两个弟弟唯一的姐姐，受到一家人呵护。她比我小十六岁，我参军那年她才两岁。我和她都记得很清楚，1972年冬天我离家去当兵那天，胸戴大红花，被大队民兵连长带领几十个民兵敲锣打鼓地送往公社集合，出了家门，我还回到厨房里从母亲怀里接过她抱了抱。过了十多年，她与民兵连长的儿子、她从小学到中学的同班同学小林结婚。我每次回故乡探亲，在酒桌上，白发苍苍的老民兵连长都会慷慨系之地说起这段往事。

父亲对唯一女儿的宠爱，是可想而知的，基本到了溺爱的程度。套用乡民们的说法，这个女儿对他而言，是他"喉咙里的那管气"。

我这个唯一的妹妹温和、善良、勤劳、通情达理，学习成绩在附近几个村庄的学生中出类拔萃，高考时仅以几分落选。她的成绩要是放到北京或上海那样的大城市，完全可以上一个像模像样的大学。

秀妹高中毕业时，我已经从省军区调到北京隶属解放军总政治部的解放军文艺出版社当编辑，坐在部队著名诗人李瑛和雷抒雁坐过的那把椅子上。因为帮助过不少人，那些接受过我帮助的人都愿意帮助我。我说我亲妹妹高考落选了，能不能弄个女兵指标，帮她参军？有朋友说，试试看，问题不大吧。但这件事没有办成，是因为女兵的名额少之又少，难以通过层层关口从北京下到省军区，再从省军区下到军分区，然后从军分区下到我老家所在的县人武部。另一个原因，是父亲舍不得这个唯一的女儿走那么远，他想好了把她留在身边，让她顶替他吃商品粮。那时已经有这样的政策。

我太知道一个农村女孩儿高考失利后将怎样遭受命运的愚弄。1987年清明前后，我带领两个才华横溢的部队青年诗人去南疆前线举办"战壕诗会"，最直接的原因，就是奉命去前线采访一个以万元户的名义从军的女兵。说来，这是一个很长很长的故事，有人以此为素材写了一部长篇小说。简单地讲,就是一个河南农村女孩子,第一年参加高考差几分没有被录取,第二年又差几分落选了。有那个年代农村生活经历的人都知道,一个乡下女孩儿差几分在高考中落选,其实是非常优秀的。但就因为差几分,一个农村女孩儿的前途就这样被断送了,不得不接受祖祖辈辈背朝蓝天面向黄土的命运。通俗地说,你的父辈是农民,你自己也不得不当农民,你生下的儿女还是农民。而农民苦,农民穷,农民生活在社会最底层,农民永远被束缚在土地上,既是活生生的事实,也是异常严峻的生存状态。

河南女孩第二次高考失利后,在哀叹命运的不公中万念俱灰,在床上不吃不喝、要死要活地躺了七天。到了第八天,她母亲拎一把锄头放在她床前,说好了好了,家里这么穷,节衣缩食地供你考了两次大学,我们做父母的可以了,算是仁至义尽了,你考不上有什么办法?考不上就应该服输认命。女孩儿无话可说,披头散发地坐起来说,妈,考不上大学是我自己没本事,我服输认命。但你让我今天就扛着锄头下地,我受不了。这样吧,你给我蒸十天的馒头,我外出去拜师学艺,做个我愿意做的农民。母亲懂自己的女儿,按她的要求做了。第二天,河南女孩儿背着一口袋馒头出门了。

事情的原委是,河南女孩儿躺在床上不吃不喝地自责和哀叹命运不公时,从收音机里听到了邻县的一则养地鳖虫发家致富的广告。她没有放弃对命运的抗争,只是无奈地放弃了通过高考跳农门的奢望,从此决定做个能工巧匠,走一条别样的路。她说到做到，两年后成了当地的一个万元户。从那个年代过来的人都知道，在那个年代当万元户，是非常荣耀的，享受着政府的鼓励和社会的大力支持。作为一名高考落榜的农村青年，河南女孩儿忽然拥有了社会给予她的"高考失利不失志"和"自学成才"等光环，共青团从模范团员的角度、青年联合会以模范青年的名义、武装部用模范基干民兵的称号，争相表扬。此时南疆前线的自卫反击战正进入轮战阶段，她拿出五千元现金购买了一箱电动刮胡子刀，主动申请去猫耳洞慰问官兵。那时候五千元可是个不小的数目，驻守在猫耳洞的士兵如何刮胡子，也是一个不可忽视的问题；河南女孩想到以这样的方式去前线慰问，可见她是有胆有识的。果然，河南女孩儿到了前线，受到极大欢迎。她看到一个个战士屈身蹲在潮湿的猫耳洞里，流血流汗，有许多人献出了自己年轻的生命，感动得泪光闪闪，情不自禁地和战士们一一拥抱，比总政歌舞团那些漂亮的女演员更让人感到亲切。消息传到前线指挥部，司令员都对她竖起了大拇指。在慰问团离开前线的招待会上，司令员问她有什么需要他支持，她不假思索地说，她想当兵，像猫耳洞里的那些憨厚朴素的战士那样，用生命和热血报效国家。司令员一想，好哇！万元户主动报名参军参战，这是一个多么振奋人心的典型！几天后，河南女孩儿被正式批准参军，成了轰动全国的英雄模范人物。

秀妹没有河南女孩儿那样的一股闯劲，但命运给她留下的滋味，我相信也应该酸甜苦辣，五味杂陈。还算幸运的是，她因顶替父亲而被县里安排了就业,不仅分配在当时效益比较好的县会师瓷厂工作,而且那家瓷厂离我们村很近,抬头就能看见他们工厂的烟囱。捎带着,还能照顾日渐老迈的父母。秀妹在那家瓷厂兢兢业业,工作非常出色,还被选上了工厂所在乡的人大代表。因为离家近,她每天中午回去看望父母,像出嫁前那样与他们亲密相处。中午那顿饭,她天天回家陪父母一起吃。同时,她也利用中午回家吃饭的机会,给他们买这买那,送这送那。在人们眼里,她好像从未离家。

父亲养了一条大黄狗,那条狗我想是成精了,每天卧在父亲的脚下,亲昵地望着他。每天秀妹回家,走到转一个弯就要进村的地方,那里离家还有半里路,那狗会突然灵醒地竖起耳朵,纵身蹿出去。这时母亲已经做好了饭,前脚把饭菜端上桌子,后脚她就和大黄狗一起进门了,像钟一样准。

秀妹后来对我说,父亲发病那个晚上,她接到母亲的电话是下半夜三点半的样子,马上跟爱人小林骑一辆摩托车回家。她知道大弟立新也会以最快的速度上路,各自心照不宣地去家里会合。他们想,母亲胆小怕事,这时候一定希望儿女们以最快速度出现在她面前。

秀妹说,他们夫妇和大弟立新在凌晨四点半左右先后到家。此时父亲已处在弥留之际,出现在他们眼里的父亲平静地躺在床上,呼吸均匀,眼睛始终未睁开。秀妹以为父亲睡着了,想喊醒他,想不到他是醒着的,还能回答对他的问候。秀妹说爸,你怎么在床上还摔一跤?他说是啊,不知道怎么就摔倒了，手上一点儿力气都没有。又问他想不想喝水，要不要扶他起来方便一下？他说不要，他就想这样躺着，不想起来。就在这时，父亲没头没脑地说出了那句我们后来认定是临终遗言的话："你们的娘是个好娘。"

说完这句话，父亲说他累了，想睡了，就睡过去了，再没有醒来。

那漫长的一夜，母亲、梅秀两口子和大弟，一直守在父亲身边。

天渐渐地亮了，门前和屋后可以过汽车的村路上依稀传来了车辆过往的声音和人们的脚步声。过了吃早饭的时间，大弟去邻村请来乡村医生星亮，让他看看父亲的病情。星亮量过父亲的血压，翻开他的眼皮看了看，着慌说，大哥的病不是我看得了的，必须赶快送医院，别再耽误了。

邻居家有辆小车，大弟立新去求援，叫宁牯的堂侄二话不说，当即把车开到我家门前。立新和妹夫小林抬着父亲吃力地往车上走，这时年已八十的伯父闻讯赶来，说声"我来"，从大弟和妹夫手里接过父亲，一口气抱上车。

伯父刘自生一生劳作，他在年轻时学过武艺，身手不凡，一直很硬朗，鳏寡孤独地活到九十岁还能自食其力。但刚过九十岁那年，他不明不白地收留了两个陌生的过路女人。第二天，人们发现那两个女人不知去向，他不明不白地倒在厨房的柴草里，奄奄一息。

大弟立新和秀妹两口子把父亲送到县医院，护士立刻给他输液，但药液已经输不进去了。再送去拍片，医生看完片说，颅内大面积出血，趁着老人还有一口气，赶快送回家，为他准备后事。

梅秀立即给头天晚上刚去看望岳父岳母的四弟立军打电话，让他立刻赶到县医院来，父亲的情况不好。四弟两天前从广东回到家里，那天他陪父亲聊了很长时间的天，见他指甲长了，还帮他剪了指甲。

立军只用了一个小时，就出现在抬着父亲出院的行列中。

痛心疾首

如同父亲的影子，我们在外地工作的三兄弟一回到家，父亲生前与他形影不离的大黄狗，就眼泪汪汪地跟在我们身后，一声不吭。秀妹把我们带进父母的起居间，一股陌生又熟悉的老人味扑面而来，我的眼泪喷薄而出。

正是寒冬腊月，房间里阴沉沉、冷飕飕的。父母睡过的床已搬开，地上被打扫过，没有留下任何痕迹。父亲最后拍的脑CT片放在桌子上，我们都不忍心看。两个还是三弟四弟在家时挂上去的镜框，歪倒在墙上，里面嵌着的一家人在许多年前照的全家福和我当新兵时寄回来的黑白照片，有的粘在了玻璃上，有的坠在镜框底部，给人一种事已过但境未迁的凄楚印象。

在父亲刚刚离开的这个房间里，当秀妹说到他们把父亲送到县医院，一拍片子，医生说没有救了，直接让他们把父亲送回家准备后事时，一股悲伤在我心里奔涌，如同一股水四处冲撞，在寻找出口。我追问秀妹，接诊的医生是个信得过的医生吗？对生命垂危的父亲，为什么不全力抢救？或者，是因为县医院水平太差，不敢抢救？我觉得父亲从床上摔下来后没有及时送医院，耽误了最佳抢救时机。七八个小时后送到医院，还有一口气，医生就说没法救了，让家人把他接回家准备后事，有点儿不负责任。

我必须承认，我那时还不大知道心脑血管疾病究竟有多么厉害，认定人只要还有一口气，就有希望抢救过来。而且，从人道上说，医院也有救死扶伤的义务。不是说只要有百分之一的希望，就要尽百分之百的努力吗？

泪水从秀妹的眼里夺眶而出，她哽咽着说，她当时也这么想，医生提出放弃治疗，她和大弟无论如何不能接受。他们反复对医生说，请医院想尽一切办法，用最好的药，最好的设备，救父亲一命。哪怕抢救不过来，哪怕费用昂贵，我们也认了。但医生不容置疑地说，没有任何希望。再说，县医院也确实没有哪个医生敢在这个时候做开颅手术，这需要承担巨大风险。

我说，县医院不敢抢救，可以像上次那样，送吉安的大医院啊！

秀妹说，来不及了，那样父亲会死在路上。这也是医生说的。秀妹还说，吉安的医院比县医院好不了多少，送过去也不见得会接。因为县医院的医生说，父亲的病太重了，没有救了，剩下的只是时间问题。又说，如果往吉安送，肯定要死在半路上，那就不算善始善终了，这是很忌讳的一件事。

我突然暴发了,我说生生放弃抢救,要这样的善始善终有什么意义?

对我的情绪变化,秀妹不感到惊奇,她默默地望着我,沉静地说,哥,你离开家乡太久了,而且是在废除一切纲常和禁忌的"文革"中离开的,可能你忘记了,也可能你从来就不知道,县里的人,不论是县城的人还是乡下的人,有一个共同的说法,也可以叫禁忌:人应该死在自己的村子里,自己的家里,否则不能进祠堂。因为祠堂就是宗祠,而所谓宗祠,就是用来祭奠列祖列宗的,即使死后做鬼了,也必须是同宗同祖的鬼,乡里乡亲的鬼。人死在外面,就是外鬼了,不得入内。不论死去的人是谁,都必须遵守。正因为如此,老人们都愿意躺在自己的床上,看着自己的亲人而慢慢地闭上眼睛,死在自己的家里。秀妹强调说,她认为这种方式,对死者是一种安慰,一种生命的寄托。父亲何尝不想这样?当时,伯父和小叔都主张把他拉回家去,不让他在外面去世。他们想到的,也是这一层。

我一时无语。梅秀是我的亲妹妹,兄妹之间感情深厚。我们六个兄妹难免也有亲疏,可我跟她从来都是无话不说,没有任何顾忌。听她这一番真诚的、发自肺腑的话,我承认,我被她震撼了,也被她说服了。因为她说得合情合理,情真意切。与此同时,我也认为乡亲们长期以来形成的那种善待生命的习俗和禁忌,值得尊重。是的,我确实离开故乡很久了,到父亲去世那年,我在心里暗暗算了一下,整整三十八年!我这样一个既平凡又普通的人离开故乡三十八年，也应该有自己的感慨、自己心理的跌宕起伏。古人说，十年生死两茫茫，何况我离开故乡三十八年！文艺一点儿说，是白云苍狗，物是人非，有些东西一去不复还，已经永永远远地消逝了。

诚实地说，到此时，我被越来越现代、越来越灯红酒绿的都市浸淫了三十多年，又受过大学教育，对乡村禁忌既能理解也能接受，却不敢苟同。得知父亲人还活着，还有一口气，我的家人便听从医院的意见，停止对父亲的抢救，把他拉回家里等待他油干灯灭，我感到特别痛心。我觉得这样对于我们这些漂泊在外而没有机会尽孝道的儿女，太冰冷，太残酷了！

止不住心里的委屈和悲伤，我终于忍耐不住，突然大放悲声。我在"文革"中饱受摧残的伯父和小叔，我失去终身伴侣的母亲，我不常在一起但心灵相通的弟弟妹妹们，还有对我感到陌生的晚辈，包括村子里对我熟悉和不熟悉的乡亲们，都惊愕地望着我。他们猜不透我这个在外面当了几十年兵，身上还穿着军装，听说还会写书，还成了什么作家和诗人的人，为什么会这么悲伤？这样不管不顾、丑陋不堪地哭？一点儿也不像装出来的。

他们当然知道，我早已成了村子里的过客，安葬完父亲，马上又会离开故乡，回到他们绝对感到陌生并遥远的北京去，无须在他们面前装模作样。

接下来的几天，只要一个人坐下来，我就会陷入痛心疾首的自责中。我想，北京各方面的条件都好，在父亲最后的几年，我完全可以把他和母亲接过去，让他们好好地享几年福。如果他在北京摔倒，那里有很高明的医生，或许还能抢救过来，让他多活几年。我还想，我离开父亲的几十年，特别是他生病后的那段日子，我已经知道他对渐渐来临的死亡感到恐惧，总是怀疑自己哪儿出了问题，希望我们带他去看病。我在那段时间如果能经常回家，经常和他聊聊天，尽力打消不断折磨他的重重疑虑，能不能帮助他避免老年痴呆？再有，我也想了办法去挣钱，准备在北京再买一套房子，希望把家建成一个宁静的港湾。但却总是事与愿违，反倒让偶尔来北京住过几天的父母为我感到尴尬和忧虑。换句话说，我努力了，奋斗了，但到头来，不仅没有让父母分享我的成功和快乐，还让他们在我年近花甲时为我担忧。如此一想，我觉得自己过得太憋屈了，太失败了，在父亲活着的时候没有善待他、让他享受应该享受的天伦之乐。

这时，我想起了"化蛹成蝶"这个词语，我打开手机在百度上查阅该条目，上面说，这是指蝴蝶的孵化过程，即由蚕蛹吐丝到结茧，再从茧蜕变为蝴蝶的过程。一般用来形容经过不断努力而获得成功。比如我从偏僻落后的山沟里出来当兵，在部队当了军官，上了大学，写了许多文章和诗歌，出版了二十几本书，还多次立功，得过这个那个文学奖。扪心自问，我好赖也算一个经过努力而获得了小小成功的人。但是，当我悄悄地进行这样的自我评价时，我的脸立刻不由自主地红了。套用化蛹成蝶的说法，我感到我与美丽的气象万千的蝴蝶相比，自惭形秽,是化蛹不成蝶,化蝶化成了一只飞蛾,一只顽强扑火的飞蛾。在过去几十年,看见燃烧的火,我一次次勇猛地向前扑,一次次孜孜不倦地向前扑,痴心妄想地向前扑,却在不知不觉中自取其辱,被一次次烧焦了翅膀。

面对父亲一跤摔下去,万劫不复,跌入死亡的深渊,连绝处逢生的机会都没有给他,我万箭穿心,仿佛愧疚的心脏在这一瞬间轰然炸裂了。这时我的悲伤连绵不绝,泪水哗哗地流,怎么忍也忍不住——我再次号啕大哭。

秀妹告诉我,他们把父亲弄回家后,让他躺在他和母亲从未分开的那张床上。他任人摆布,除了鼻孔里呼出微弱的气息,再无任何反应。最终,他和许多恋恋不舍离世的人一样,一滴泪,慢慢地从眼角滑出来。

> 再次见到父亲时 / 他已经躺在一具棺木里 / 嘴巴张成一只漏斗 / 像口渴了,盼望能落下几滴雨 // 我苦命的父亲,这个眷恋世界的人啊 / 那天在睡梦里从床上跌落 / 作为一只坛子 / 他哗啦一声,不慎把自己打碎了。

三十八年尘与土

晚上 10 点多,我陪同坐在炭火旁打盹的母亲说话。我告诉母亲,我带着弟妹们去新祠堂为父亲守夜了。母亲抬起头说,你大弟不是请了人来守夜吗?我说是,人来了。母亲说,来了几个人?我说来了三个,两男一女。一个男人拉二胡,一男一女唱歌。

母亲说,噢,你父亲喜欢这个。我知道母亲说的是父亲年轻时的事,父亲年轻时,是村里的一个比较开通的人,也比较活跃,那时他有一把二胡,喜欢自拉自唱。我小时候见过父亲这把二胡,它有时挂在父母房间的墙壁上,有时挂在床架上;也见过父亲自拉自唱。这把二胡是他自己做的,音筒是从竹子上锯下来的一截竹筒,音筒上的蛇皮是他打死一条蛇,剥下蛇皮,晒干后亲手蒙上去的,简陋又粗糙,还有一股死蛇的臭味。这已经是一个乡村青年把想象发挥到极致了。二胡上的琴弦自己动手做不出来,是从县百货商店买回来的,一粗一细。他拉的曲调,多半是故乡流行的采茶调和花鼓调,《刘海砍樵》

和《孙成打酒》什么的。我的井冈山故乡地处江西与湖南茶陵、酃县接壤的湘赣边界，两省文化延伸到这里，渐渐微弱，很自然地相互渗透和融合。我当兵走了许多地方，看过各种各样专业和非专业表演，回想父亲的技艺，我知道是上不了台面的，只算自娱自乐。

他们唱得好吗？母亲木然看着我，难得多说一句话。我说，过去我没看过这个，蛮新鲜的。我说的过去，是指我当兵前在家那十几年。那时候我们前门村的人死了，陈放在自己村里的奉先祠。那个祠堂我见过，有进门后露出一方天空的天井，有两边供放先人灵牌的厢房，还有气宇轩昂的几块匾额，字迹沉雄而古朴。可惜在"文革"初被推倒了，很快有人占了那片地基，盖起了房子。三个村子在这之后共用新祠堂，一直用到今天。

离开故乡三十八年，农村的变化也不小。生活是越变越好了，人们的活动空间变得越来越大，有本事的人可以天南海北地走，过年也不回来。那么小的一个村子，在那么封闭中长大的人，如今散布在祖国各地。自己名下的田愿种就种，不愿种去城里打工，让给别人种。有的干脆抛荒了，几年下来，杂草丛生。年轻人如今都不种田，也不会种田了。农村最大的变化，是人们的观念变了，眼光变了，而这种变化，有的是往前走，有的也往后走。往后走的，又分为两种，一种是恢复传统，比如造屋建坟看风水，出行择黄道吉日，还有就是像父亲那样希望死在家里，必须进祠堂，等等。另一种是从外地传过来的,就说送葬吧,当下时兴请戏班子唱歌,请祭司做道场,为死者歌功颂德和超度。我命苦,刚生下来,爷爷奶奶、外公外婆都不在了,当兵前没有经历过亲人故去;当兵后尤其是近些年,从没有参加过这种花样翻新的乡村葬礼。父亲是父辈中第一个去世的人,我一切从头适应。听说大弟请了戏班子为父亲守夜,也就是给父亲唱歌,不禁身怀几分好奇。心里想,他们给父亲唱什么歌呢?

晚饭后,大弟告诉我可以去为父亲守夜了,其实也是告诉我戏班子到了。我们几兄弟向停放父亲棺木的新祠堂走去,远远听见从里面传出来一阵歌声。是一个女人在唱,如泣如诉。用的是在音效失真的设备中重复播放的伴奏带,唱功称得上挺专业。我的脚步加快,心跳也不由自主地加快了。当时我对自己说,这是怎么啦?没见过这种场面吗?停下来静静地按住胸口,才发现我的心已经先我的意识一步听见了熟悉的旋律。真是熟悉啊!熟悉得不能再熟悉了,贴切得不能再贴切,因为是那首在我们部队流传已久的《父老乡亲》:"我生在一个小山村 / 那里有我的父老乡亲 / 胡子里长满故事 / 憨笑中埋着乡音 / 一声声喊我乳名 / 一声声喊我乳名 / 多少亲昵 / 多少疼爱 / 多少开心 / 啊,父老乡亲 / 啊,父老乡亲 / 我勤劳善良的父老乡亲 / ……树高千尺也忘不了根……"

听着这熟悉的旋律,熟悉的歌词,思绪情不自禁地跟着歌里的意境走了。我感到这首歌就像为此时此刻的我写的,为此时此刻的我唱的。我提醒自己,戏班子唱归戏班子唱,我这个时候应该悲伤、哀切，应该痛心疾首。进了祠堂，我们几兄弟径直走到父亲灵前，在他的遗像前跪下，给供奉在父亲灵前的那盏长明灯添油。然后，我们沿着父亲的棺木，慢慢地转了几圈，在心里默默地祝父亲一路走好。

其间，戏班子里的两男一女三个人，一直在卖力地唱，一支接一支。一会儿男人唱，一会儿女人唱；一会儿一个拉二胡，一男一女两个合唱。再听他们唱的歌，我一支比一支熟悉，一支比一支在心里引起更加亲切的共鸣和回响。都是我耳熟能详的歌，念念不忘的歌，有的我不仅熟悉写歌词的人，作曲的人，还认识最早唱红这首歌的人。比如《送战友》，比如《小白杨》，比如《再见吧，妈妈》，再比如《白发亲娘》《说句心里话》……

在父亲灵前守了个把小时，我去看望三个请来的守夜人。他们围着进门左手边放置的一张四方桌，头顶半空中悬挂着的一盏昏暗的灯。四方桌下放置一个大弟为他们端来的火盆。但过去用来开大会和看演出的新祠堂，空旷、寂寥、昏暗，窗户上没有一块完整的玻璃，寒风呼呼地往里刮，守夜人前胸烤暖了，后背依然凉飕飕的。大弟和他们熟，说三位老板，让你们受累啦。他们答，还说这个？自己家里人，应该的。听说我几十年前外出当兵，在部队从事文化工作，他们笑脸相迎，让出板凳说，大哥，坐坐吧？

我说坐坐，就坐下来和他们聊天。我说谢谢你们啦，歌唱得真好，我觉得达到了专业水准。那女的不好意思地说，大哥，不瞒你说，我们过去就是在县剧团唱歌，吃的是专业饭；后来改革了，县里不再拨款了，县剧团养不活自己，只好自谋出路。我说，这样能养活自己吗？她说能，比在县剧团的时候挣得还多些，就是为死人唱歌，在许多人眼里有点儿下三烂。我说，怎么是下三烂呢？你们的歌唱得好，唱得动人，给死者以安慰，给生者以寄托，这也是一种文化。按乡下说，是做积德行善的事。三个人的眼睛都亮了，其中男歌者说，大哥，你真这么看？不愧是文化人。

你们自己没有这种感觉吗？我主动引出话题说，可能是我在部队文化圈待久了的缘故吧，我注意到了你们唱的歌，都是广为流行的军旅歌曲。不是军队词曲作家作词、作曲，就是军队文工团的歌唱家唱响的，反映的都是军人的奉献牺牲和生离死别。

三个人眨眨眼睛，若有所思之后如梦初醒，说，哎呀，还真是这样。又说，真是不可思议，我们绝对没有故意挑选部队的歌，只是选那些能够反映亲人们的悲伤，寄托他们情感的歌。想不到选出来的，都是你们部队的军旅歌曲。为什么这么巧？这么不可思议？

为父亲守夜回来，我给母亲说起三个艺人唱歌的事，对她说，我当兵前在家的时候，好像没有这个。母亲说，是没有，近几年才兴起来的，不知从哪里学来的。然后问我，北方不兴这个？我说，北方兴不兴这个我不知道，因为我从来没有参加过北方农村的追悼会。但我知道北方兴请人哭丧，就是送葬时请人来哭，是真哭，性质跟我们这里请人来唱歌差不多一样，同样是寄托亲人们对逝者的哀思。正因为这样，北方有句俗话说，哭了半天不知死了谁。母亲咕哝一声说，这算什么事啊？哭也请人？接着又打起盹来。

回到北京，我请教了几位著名的部队词家，对他们说，别的地方我不知道，但我知道你们创作的军旅歌曲，在我的故乡井冈山特别流行，比什么歌都流行。他们听得眼睛放光，说是吗？但是，我不无惋惜地对他们说，你们也不要高兴得太早，现在唱这些歌，有时也是用来送葬的。他们大为惊骇，说怎么会这样？然后给我分析说，军旅歌曲广泛被应用于乡村葬礼，其实也有它的道理。因为我们的军旅歌曲立足于家国情怀，精忠报国是它沉雄悲壮、如泣如诉的主旋律。我说是啊，我们故乡的老百姓用军旅歌曲来送别亲人，正需要这种悲壮和如泣如诉的情调和氛围，这与军旅歌曲的基调不谋而合。

后来，我接触到了从战争年代走过来的著名音乐家马可的史料，再次印证了我的判断。资料显示，热爱音乐，出身于宗教家庭的热血青年马可，1939年从徐州穿过重重封锁线到延安，加入了"鲁艺"音乐系。在那些被称为激情燃烧的岁月，陆续创作了著名的秧歌剧《夫妻识字》、歌剧《白毛女》和《小二黑结婚》、歌曲《南泥湾》《咱们工人有力量》，是军旅文艺特别是军旅歌曲无可争辩的奠基人。这些作品，大多数是他发起组织"中国民歌研究会"，深入边区采集、记录大量山西、陕西民歌和民间音乐之后，创作出来的。那首以他为主集体创作、以后在所有追悼会上沿用至今的《哀乐》，就是他们根据陕北民歌《绣荷包》和《珍珠倒卷帘》的旋律改编的。

　　你以为他长着蓝眼睛／巨大的鹰钩鼻子？／马可后面没有波罗∥开个玩笑。此马可非彼马可／他是个写歌的人，偶尔写葬歌和哀乐／他一生的骄傲是用三分钟／只三分钟，就能让一个躺在花丛中的人／心醉神迷，偷偷地笑出声来∥三分钟。这是一个人必须完成的／最后的聆听／最后的阅读和道别／那种抚摸，连他自己也不能拒绝∥如果我们都是诚实的，遵纪守法的／那么，他就应该成为我们这个国家／最富有的人／但他死那年两手空空，一贫如洗。

命留不住，神也留不住

伯父去了，小叔也去了，我带领几个弟弟，跟着金刚们去给父亲挖墓穴。本来不需要儿子们到场，这是八大金刚的活儿，不过从前是这样，现在不完全是这样了。现在村子里自告奋勇来做金刚的人，已是鼓齐锣不齐了。

送故去的老人上山，过去是村子里古老的民风，也是年轻人对长辈表达敬仰的一种方式。往往老人还活着，年轻人就向他们表态，说爷爷或者伯伯，百年后我抬您上山。如果村子里哪个老人故去，八大金刚没挑上自己，心里还会很难过，通常都会检讨自己在哪些方面身不正，行不端。但是，不知从哪年哪月开始，老人们死了，八大金刚不仅没办法挑，而且连身强体壮的八个人都很难凑齐了。为克服此种窘境，老人们出面制定规则：按村里的户头轮流指派，不管你家有没有抬得动棺材的人，都得轮着来；没有做金刚的男丁，或者有做金刚的人，但在外地打工回不来，那就出钱雇人，雇哪里的人都可以，不得推托。因为谁家都有老人，谁都会死。

过去的八大金刚都是本村的年轻人，不会有互不相识的。现在这种情形被打破了，因为遇上谁家出钱雇人，这个人不见得大家都认识。而八大金刚的任务，除了出殡那天抬棺材上山，还要在头天上山挖墓穴，没有请好金刚的人家，就会缺席这一环节；或者人到了，偷奸耍滑，出工不出力。

伯父八十多岁，小叔也年过古稀，为什么陪着来挖墓穴？道理就在这。

我带领几个弟弟上山，既想看望当金刚的村民，也想亲自参与安葬父亲。

算不上祖坟。不仅我们这个叫前门村的小村子，即使我们由三个紧密相连的自然村组成的原东风大队桥头村，过去因为既偏僻又贫穷，从来没有出过旺族和大户人家，因而没有谁家有代代相袭的祖坟，更谈不上雕栏玉砌了。父亲生前选定埋他的地方，只不过在六十多年前埋着我不到六十岁便早逝的爷爷，我同族的一个奶奶，还有我前几年去世的伯母。在这三座坟墓上面，还有无数座坟，都成了无人祭扫的荒坟。我上小学走读的那条小路，就从这座坟山前绕过。那是个数典忘祖的年代，祭奠先人成了封建迷信，因而渐渐地，坟山上杂草丛生，荆棘遍地。尽管萋萋芳草下埋着我从未见过的爷爷和同族奶奶，但我也害怕，每天上学都要等上一两个同伴才敢往那里走。实在邀不上小朋友，路过坟前时，便没命地跑过去。有一次，我正胆战心惊地在坟山前的小路上走，一条手臂粗的蛇，从高坎上像闪电一样飞过我的头顶，吓得我魂飞魄散，跑了两三里路才停下来喘气。

乡下有一种说法，在荒坟里出没的蛇，是鬼魂变的。以后每当我从那里走过，都会在心里祈求我从未见过面的爷爷和同族奶奶保佑我平安。

那天一到坟地，我的眼泪就涌出来了。因为我看到了码放在枯草中的一堆砖头和沙石。前面我说了，我们一回到家，母亲就对我们几个在外地工作的兄弟说，父亲生前怕我们在他去世后，临时求人运砖挑沙，那得一次次向人下跪，因此把这些东西早就准备好了。从穿过田野的公路到墓地，是一条条长满蒿草的田埂，不能走车，他自己带路，请人把砖头一担担挑上去。而那些沙石，是他亲自在河滩里挖的。想到这个身患老年痴呆症，常常忘记回家的路怎么走的老人，是亲爱的给了我们生命的父亲，他甘愿挥洒汗水供儿女们读书，帮助我们六个兄妹改变了命运；又想到他根本没有享受到现代医疗的什么福荫就去世了，从此将掩埋在眼前的这片荒山乱坟中，我心里有一股说不出的酸楚。

在我爷爷的坟墓旁，挖一个长方形的土坑，就是父亲的墓穴了。

故乡的墓穴分两种，一种在山坡上垂直挖下去，再掏一个洞，把棺木放在竹片上滑进去，再用砖砌上；另一种在平坦的地面挖一个长方形的墓坑，用砖头盘出底座，把棺木放在底座上，然后在四周砌一圈方砖并用方砖拱顶，再在拱顶的方砖上堆土，直到堆出一个高出地面的坟包。

父亲的坟墓属于后一种。

墓穴挖得深过膝盖了，露出了新鲜的生土。我注意到生土的颜色异常鲜艳，介于红与黄之间，具有很强的黏性，而且没有一点儿杂质，看上去从未被人类染指。我把正在挖土的一个叫德生的人拉出来，要他让给我挖。这个叫德生的人与我同龄，我们都属马，小时候我们一起进山砍柴，一起伐木烧炭。他小学没毕业就辍学了，在我当兵的前三年进了县会师瓷厂当工人，做了烧窑师傅。快五十年过去了，如今他已退休，蓬乱的头发没有一根不是白的，古铜色的肌肤留下了长年被窑火烘烤的痕迹。从坑里出来，他拍拍我的肩膀说，兄弟，悠着点儿，人老了都有这一天。

我听懂了德生的意思。他的父母都不在人世了，他的母亲先他父亲一步走了十多年。他母亲生病那年，我正好回家探亲，碰上他家请木匠突击为母亲做棺材。木匠的第一斧砍下去，木屑嗖地一下飞走了。木匠说好哇，是个好兆头，唢呐开道，骨头打鼓，她绝不会熬你们。那意思是老人不会久病不死，拖累家人。结果棺木刚做好，她母亲两脚一蹬，便驾鹤西去了。我还为她写了一首诗《木渣像鸟一样飞》，诗中有这样的句子："命留不住的东西，神也留不住。"他父亲在失去老伴后，在两个儿子家轮流过，每家住半年。在他还有劳动能力时，两家媳妇抢着供他。过了七十岁，身上的力气渐渐耗光了，病痛也多了，心情就不怎么舒畅了。老人有骨气，觉得一个人老了，没有用了，不能拖泥带水，成为儿女们的累赘。之后没有任何交代，他挑一个日子，换一身新衣服，用一根绳子把自己挂在了窗棂上。

德生父亲和我父亲过往甚密，做了一生朋友。他的死，对我父亲是一次致命打击。有一次，父亲心有余悸地对我说，啊呀，这个人把命不当命。

回想这些，我悲痛难消，哀伤莫名，一铲一铲不知疲倦地往坑沿抛土。德生突然站在坑沿喊，别挖了，别挖了，都挖出水来了，溅了我们一身。

我老家把生土叫三花土，就是选定某块 / 穴地，往深处狠狠地挖，狠狠地 / 挖，挖到锄头没有到过的地方 / 挖出大地的脚趾，让它露出从未露出的 / 真相 // 那年我就这样挖过。带领我四个从各地 / 赶回家的弟弟。我们泪水纷飞 / 从早到晚，疯狂地挖 / 撕心裂肺地挖，挖出的三花土 / 鲜艳欲滴，让我痛，让我的心一阵阵战栗 / 让我忍不住趴上去，闻它们，亲它们 // 水渗出来了！从未见过天日的水 / 如同在水的背面镀着一层水银 / 如同拉锯战中的反占领，反"蚕食"，反渗透 / 这时，我母亲的一句话让我们五个人 / 五个刚给父亲挖过墓的亲兄弟 / 失声大哭。我母亲说——/ 他造了什么孽啊，天要罚他坐水牢？// 生土就这样变成了熟土，因为它 / 从此有了人烟 / 从此有了我父亲渐渐腐烂的尸骨。

老 同 学

　　我怔怔地望着他,他也怔怔地望着我,我们两个人同时愣住了。

　　他是一名祭司,被我信天信地信鬼神的小叔请来为父亲做道场。诚实地说,对乡间这类人物,我是不信任的,没有什么好感,甚至身怀警惕。在我的心目中,他们穿一身黑衣服,嘴里振振有词,说是为亡灵超度,其实是在装神弄鬼。即便行为举止彬彬有礼,如同美国电视连续剧《荆棘鸟》中的女主人梅吉从小爱上的那个叫拉尔夫的神父,也改变不了我对这种职业的偏见。我对他们的全部想象,就是拉尔夫加崂山道士。

　　走近了,隔着三十八年岁月,我们不仅相互叫出了对方的名字,还来了一个大大的熊抱。他是我在县城读高中时的同班同学。我们都来自偏僻的乡村,也都有那么一点儿小聪明、小机灵。记得他父亲是一名脱产干部,他拥有我所没有的家庭优越感。学校组织宣传队,除了随父母下放来的那些天生活跃的南昌同学,我和他属于极少被选上的当地的同学。我在后台吹笛子，他在前台表演，但都是演小角色、小配角，比如那时流行的一种节目叫三句半，他是那个多少有些滑稽的说半句话的人。因此我们当年比较亲近。我参军了，他第二年也参军了。不同的是，我在省城当兵，他在浙江舟山群岛服役。他哪一年退役，退役后有些什么遭遇，我不得而知。

我们在分开的三十八年中从未联系过，或许从一个乡村中学生转变为一个军人，我们有许多东西需要从头学习和适应，同时也说明我们的同学情谊没有到念念不忘的程度。这其实是正常的，在那个年轻人的命运，特别是乡村年轻人的命运非常容易被生活碾压和忽略的年代，这是再自然不过的事。

我想，为什么会这样呢？我们国家长期存在城乡差别，确实有不公之处。像我们这些出生在农村的人，不能因为出身不由己，父母以上的祖祖辈辈是背负青天面朝黄土的农民，我们和我们的儿女就必须永远子承父业，子子孙孙当农民。考学和参军对我们来说，原本是跳农门的两条非常狭窄的路，但我们拿出吃奶的力气，努力奋斗，通过这两条途径争取出头之日，应该无可非议。如果这两条路通过努力没走通，那就要面对现实，承认失败，不能怨天尤人，也不能妄自菲薄，自暴自弃。

当然，当我与我的那位老同学在我父亲的葬礼上不期而遇时，我不忍心也没有机会跟他说这些。但我对他读书读到了高中毕业，当兵当到了海角天涯，退役后却选择这么一个营生，在感到惊愕之余，多少也有些迷惑不解。不过，从入乡随俗和适者生存的角度说，既然老百姓有需要，他用这种方式自食自力,即使在乡村,那也有自己的尊严。

父亲的道场在新祠堂他的灵前举行,我的老同学穿一件黄色道袍,坐在供桌的正中央。我带领弟弟妹妹及一众孝子贤孙披麻戴孝,面向父亲的棺材,白衣飘飘,哗哗地跪下一片。跟随我下跪的都是比我小的同代人,或者是我这辈人的第二代,有的叫我哥,有的叫我叔,有的叫我舅,我都应答,但大多数不认识。我作为长子,跪在最显要的位置,手捧一钵老同学为我准备的谷物,里面有稻米、黄豆、绿豆、南瓜子,等等。他说,老同学,这是随葬的祭品,祈求上苍保佑你父亲在那边丰衣足食吧。

道场在一阵鼓乐声中开始,祭司率先诵经。我看见我的老同学正襟危坐,面若佛陀,嘴里抑扬顿挫,沉浸在普度众生的忘我境界中。他的一只手举在半空,每一次往上一抬,立刻响起一阵鼓乐;往下一挥,鼓乐停止,他的诵经声迅速大了起来。我以为他吟诵的是寺庙里的经卷,仔细一听不是。因为我从他的嘴里听到了我父亲的名字,还有他出身贫寒、克勤克俭、兢兢业业、教子有方、德高望重之类的赞美词,这才想到他念的是一篇祭文,顿时有些感动。心里想,难怪他昨天晚上打个照面就不见了,原来他也是要做功课的,不知道他怎么了解到我父亲的这些德行。这么一想,我对他陡然增添了几分歉疚和敬意,觉得昨天把老同学当成弄神弄鬼的道士,是错怪他了。再看现场,虽然他对我父亲,一个普通老百姓的评价,基本上是笼而统之,都是些溢美之词,但死者为大,在盖棺论定时，像他那样稍加夸张地总结我父亲的一生，既给了逝者一个交代，也给了亲人一份安慰。因此，他做的，还真是一件善事，一件有意义的事。当时我还想，应该把他的这篇祭文要过来，作为怀念父亲的信物保存下去。有没有价值，另当别论。

穿过田野到墓地

老同学念完祭文,说声阿弥陀佛,下面送某某老倌上路,八大金刚齐齐地哟嗨一声,仪式进入封棺环节。这是亲人们柔肠寸断的时候:八大金刚的吆喝声还未落地,一个人庄严地举起一只鸡,一只公鸡,在放着棺材的板凳头上,伴着那只公鸡的嗷嗷哀鸣,手起刀落,活活地剁下鸡头,然后提着这只鸡,用它脖子里喷出来的血,沿棺材四周淋淋漓漓地洒了一圈;与此同时,其他几个金刚高举斧头,用半尺长的马钉把棺盖和棺椁丁当丁当砸死。我们这些做儿女的禁不住痛心疾首,大声哭泣,这大概就是成语说的如丧考妣,因为从此我们与亲爱的父亲真就是阴阳两隔了。

我从跪倒一地的亲属中站起来,脱下素白的孝衣,露出我特意穿回来的那套崭新又笔挺的97式军装,面对父亲的亡灵,我沉痛地说了几句话,代表兄弟姐妹们最后送别父亲。我说,亲爱的父亲,你还记得吗?在三十八年前,那年我十八岁,你三十九岁,我们两个人年轻得就像一对亲兄弟。就在那一年，我已经长到能够替你分担生活重担了，你却听从我的意愿，把我送到部队。我呢，也还算争气，不仅当了一个好兵，还留在部队当了军官；不仅从县城走到了省城，还从省城走到了京城；不仅终生做了一个军人，还做了一个诗人。当然，我主要还是一个军人，是在军队里从事文字工作的军人。而军人是一种什么样的人呢？军人是一种精忠报国的人，舍生忘死的人，时刻听从国家的号令。就是说，当我们穿上这身军装，首先应该想到并做到为国家尽忠，然后才为父母尽孝。所以，在过去的三十八年中，我没有经常回家，没有在春天到来的时候为你下田犁地，在秋天到来的时候帮你挥镰收割；更没有在你生病的时候，为你端饭递水，倒屎倒尿。你能理解我吗？原谅我吗？不过，到了今天这个生死相别的时候，我也只能请你原谅了。

我说上述这些话的时候，四周一片寂静，一片肃穆，无数双眼睛好奇地望着我。这时我继续说，亲爱的父亲，一个人的死是谁也阻挡不了的。但你这样走了，我知道一条河流流到你这里，从此便枯竭了，断流了。现在我要接续你的路程，继续流下去，继续负载属于我的岁月，担承我的责任。最后我想说，就在此时此刻，我真正地知道，我们六个兄弟姐妹，从此都没有父亲了。同时我也知道，在这个时候，我应该义不容辞地站出来，振作起来，学会做一个父亲，学会顶天立地。是的，我还清醒地知道，我们六个儿女无比善良的母亲，她白发苍苍，老态龙钟，从此成了一个最孤独的人，最需要安慰的人。但父亲，我有信心也有能力站在你的位置上，承担你期望我挑起的担子，全心面对未来的生活。亲爱的父亲，我最后说一句，你放心走吧，我会照顾好母亲，照顾好这个家，照顾好弟弟妹妹……

说完，面向父亲的棺木，我又一次深深地跪了下去。

接下来，送父亲去墓地，我们当地叫"出门"。在头天晚上，我已经按照村里的习俗，带领四个弟弟挨家挨户跪拜了一遍，请他们今天来送父亲。未走出村庄，我回头一看，巷子里黑压压的，挤得水泄不通，不仅我们村里的人都来了，另外两个村也来了许多。一些前两天没赶来吊唁的亲戚朋友，也赶来送父亲最后一程。这说明父亲人缘好，人们舍不得他离去。

从村里到墓地，直接走只有两里路。大弟跟金刚们商定，绕个大弯，先走一段公路，然后穿过田野。中途停棺三次，一是让金刚们歇口气，因为有死者躺着的棺木，特别沉；二是让亲人们跪拜，再三表达对死者的难以割舍。

送葬在我老家是一件很隆重的事，一路鼓乐齐鸣，鞭炮震天，哀声恸地。

走公路时不觉得，穿过田野时，田埂曲曲弯弯，高高低低，抬着沉重棺木的八大金刚走得摇摇晃晃，颤颤巍巍，十分吃力。他们呈三行前行，中间四个人抬棺木，两边四个人扶棺，随时轮换。抬棺的四个人走在田埂上，扶棺的四个人就得下到田里走。在狭窄的田埂上不可能步步踩在实处，经常田埂上一脚，田里一脚。幸好是几年未耕的抛荒地，泥土是干的，脚踩在田里，不会陷进去。

抬棺材的八大金刚，并非头天挖墓穴的那几个人，有两三个叫不出名字来，是轮到出金刚而外出打工的人家从外地花钱请来的。送父亲上路时，我们五兄弟给八大金刚一一下跪，感谢他们送父亲最后一程。这时我吃惊地发现，终于凑齐的八个人老的老，小的小，其中有跟我同龄的儿时玩伴德生和大我两岁的德龙。当时我心里想，故乡真是衰败了，连凑齐抬棺材的八个金刚，都那么勉强。

我要说说大我两岁的德龙，他是村子里我儿时最要好的人，但他这一生受尽命运的戏耍和捉弄。"文革"中，他是我们这个改名为东风大队的四五个自然村第一个被推荐上大学的人，后来才知道，他其实是在景德镇上一个很不正规的中专。是那个特殊年代的第一批工农兵学员。离开村子的前一天，我和他一起爬到我家菜园子里的一棵梨树上，各坐一根树枝，边摘树上青涩的梨子吃，边聊今后的打算。我说我真羡慕他能上大学，希望将来我也有这样一个机会。他说有的，一定会有。记得不到两年，他读完大学被分配到县轴承厂工作，从此莫名其妙地开始走弯路。先是上班后被直接指派去车间当工人，说是工人阶级政治地位高；后来轴承厂搬到吉安去了，他吃农村粮的老婆调不去，他忍受不了两地分居，一年年申请往回调。但一个工人谁在乎你？就在他一次次申请调动时，工厂倒闭了，他阴差阳错地什么也不是了，只好回家里种田。之后年年去上访，但他拿不出大学毕业证，也没有其他文凭证明，最后只好认命，待在村子里稀里糊涂地过日子。

农村有一种独生子，受父母从小疼爱，骄纵惯了，喜欢说大话，遇事嘴上从来不认输，长大后一事无成，什么都不会做。德龙就是这样的人。他十来岁学会抽烟，以后越抽越凶，早早地犯上了哮喘病，烟抽着抽着，山呼海啸地咳起来，咳得两只眼睛翻出白眼珠子，脸憋成猪肝色，吐出来的口水和痰拉出一根长长的亮晶晶的丝。头发刚过四十岁就白了，比任何这个年纪的人都白。抬我父亲上山时，他五十八岁了，已经是一个标准的老头。据说几年后，他是在麻将桌上去世的，连死因都那么匪夷所思。

从公路穿过田野到墓地，路不长，但实在难走。要命的是，还不能把棺材放下来歇肩，因为没有安排在田野里祭拜，扛板凳的人已经把板凳扛回去了，送葬队伍也散了。看着金刚们抬着棺材颤颤巍巍地走，晃晃悠悠地走，我不管有什么禁忌，喊过来四个弟弟，还有我自己，我们五兄弟和八大金刚一起抬着父亲走。

原本八个人抬棺材，现在加上我们五兄弟，陡然增加到十三个人。我无法比较肩上的重量是否比刚才轻了些，但明显感到大家的脚步轻松了，步子不由自主地加快了，肩上的棺材再不像刚才那样左右晃动。在这同时，我看见我披麻戴孝的四个弟弟也和我一样，什么也不说，都在默默地用力，默默地前行。眼里一个个泪如泉涌，都想让父亲的重量落在自己肩上。

一颗土豆的命运

把父亲送上山那天下午，为父亲做道场的我那位老同学跟我告别，紧紧握住我的手让我节哀。我请求他把那篇祭文留给我，想不到被他拒绝了。他说老同学，这种东西怎么能入你的法眼？我说很好的一篇东西呀，听上去你比我还了解我父亲，我都被你对他的评价感动了。老同学没有松口，他颇感为难地望我一眼，用恳切的口吻说，老同学，算了好吗？原谅我不能满足你，说完再次握了握我的手，从我身边匆匆走过。

我怅然若失，呆呆地看着他远去的背影。那时夕阳西下，鸟兽归林，在白日依山尽的地方他渐渐缩小的身子，显得落寞而模糊。我忽然想，他用的祭文是不是一份现成的稿子？换句话说，他这篇文字很可能是从什么地方照搬过来的，或者早已起草好并用过无数次，给谁送葬添上谁的名字就是了。顶多到了死者家，察言观色，加上几句临时想到的赞誉，就像当今文学界举办作品研讨会时提供给记者们的那种通稿。假如我的判断没有错，那么这份制式祭文就是他赖以生存的饭碗。我请他把祭文留给我，是不是他怀疑我看出了他的破绽？担心我取笑他？这不等于砸了他的饭碗嘛！

想到这些，不知为什么，我的眼前不禁浮现出许许多多从乡村参军最后又回到乡村的退伍兵。

  四十年前那个寒冷的早晨，那一车／疙疙瘩瘩新挖出来的土豆／就这样，在我的记忆深处／摇晃和滚动，顽强地，持续不断地／散发出一股淡淡的土腥味／四十年过去，我知道包括我在内有几颗土豆／还卡在城市的夹缝里／依恃着他们的天性，在万紫／千红中，默默地生长，默默地开出／蓝色的土头土脑的花／更多的人坐着那列火车回到故乡／在从前的土地上，重复一颗土豆／生长的周期，和命运！……

大地不负春光

一年后,我把被二弟立华接到石家庄住了一段日子的母亲接到北京,乘飞机送她回故乡。一到家,由秀妹陪着去看父亲。我带上了酒、香烟和母亲为父亲准备的香烛和纸钱,就想去父亲的墓地前静静地坐坐,拔拔从坟墓四周长出来的杂草,跟父亲说说话。

清明已过,大地不负春光,父亲坟墓的主体部分虽然用水泥严严实实地覆盖着,但青草依然从四处的缝隙顽强地钻出来,长得蓬蓬勃勃;墓后从遍地荆丛中像绿色焰火般蹿出的一竿竿新竹,鹤立鸡群,亭亭玉立,在微风的吹拂下,发出沙沙的声响,像一道天然屏风,一堵青翠欲滴的背景墙。

我给父亲点了三支烟,我一支一支地陪他抽,边抽边跟他说话。我说父亲,你的死,让我在过去的这一年过得很悲伤,很郁闷,总感到有一道坎过不去。因为我总在想,如果我在你身边,你这一道生死关是否能跨过去?你是否能多活几年?一年中,我如同祥林嫂,每次碰到心脑血管医生和稍有点儿医学背景的人，都要问他们，像你这种在天亮前颅内血管破裂引起大面积出血而致死的病例，到底是因为手上无力，一时支撑不住身体而从床上栽倒在先，还是血管破裂在先，导致大面积出血，人就像雪崩那样坍下去？我还问他们，当你栽倒后如果能及时送医院，是否有救过来的可能？再有，你在栽倒几个小时后被送到医院，医生经拍片发现你颅内大面积出血，感到回天无力，提出放弃抢救，到底是一种明智之举，还是草菅人命？还有，如果当时我在你身边，立即送你去医院并坚持做开颅手术，有没有救过来的希望？或者说，人救活了，会不会成为植物人？

所有被我问到的人，都惊奇地看着我，十有八九说，如今的心脑血管疾病太普遍，太司空见惯了，是老人们的最大杀手。这个病，不论地位高低，不论生活在什么地方，也不论发生在谁身上，都不奇怪，谁都可能为此丧命。像你这种情况，一般来说，是血管破裂致使大面积出血在先，手上因为没有力气了而摔倒。前者是因，后者是果。如果血管没有破裂，颅内没有大面积出血，从床上栽倒在地，每个人都会用双手本能地保护自己。还有医生宽慰我说，你父亲的死，他自己没有痛苦，也没有拖累子女，可谓寿终正寝。至于说到我如果在父亲身边，或者父亲在北京发病，结果有什么不同；还有我是否能帮你获得更好的医疗救治，是否能让你多活几年，这是一个永远找不到答案的追问，等于自寻烦恼，自己给自己过不去。因为一个心脑血管病患者的死亡，是不可预测的，即使县城和京城的医疗条件存在天壤之别，北京也许能延缓一个人的死亡，但不可能改变一个人的死亡，更不可能改变一个曾含辛茹苦的老农民的死亡，尤其不可能改变一个农民的命运。

我想也是，我们这些乡村青年向往城市，不止一两代人，而是几代人孜孜以求，或积极报名参军，或千军万马过独木桥，拼命去读书考学，说到底，就是希望改变自己的命运，实现对乡村的逃离。为什么呢？因为从城市诞生那天起，农村就以贫穷落后作为它庞大而沉重的背景，与城市形成鲜明的对照和巨大的反差。我们的父辈世世代代固守乡村，不是他们乐于在乡村安身立命，而是无力出逃或一次次出逃失败。因此，我们的父母总是把希望寄托在儿女身上。以参军为例，虽然这条路不能与读书上大学同日而语，但至少为年轻人离开乡村提供了一种可能。

想明白这些，坐在父亲墓前，我不禁发出重重的一声叹息，为一代代农民和他们儿女的命运，为父亲肯定满腹委屈的离世，也为我这一路的挣扎换来的累累伤痕。

突然发现面前层层叠叠的群山渐渐沉落，渐渐伸向河流两岸的田野。埋着父亲的山冈，像一个人高耸额头下挺拔的鼻梁。父亲的墓，就坐落在鼻尖的位置上。坐在他的墓前，放眼眺望，左边的不远处是生我养我的村庄，右边是隐隐看得见的秀妹所在的那家瓷厂，中间是一片片大大小小呈各种形状的稻田，一条弯弯曲曲的小路把田野分为两半。许多年前，父亲在县城砻市镇那条嘈杂的街道上得知我被批准当兵的消息，提一个猪头哭着回家，走的就是这条小路。那年他才三十九岁，走起路来脚步咚咚作响，仿佛有用不完的力气，还有一眼看不到头的大把时光。但后来这三十多年，就像河水那样悄悄地流了过去，又像一阵阵风，呼呼地吹过去。如今河干风止，曲终人散，他静静地躺在这里，成为大地的一部分。从此，他将作为大地的一只眼睛，注视着我们这个偏僻故乡的春去春来，花开花落，人来人往。

因为父亲埋在这里，我知道我从此有了永远的故土，永远拔不出来的根。

2020年2月19日—4月30日，小汤山金科王府第一稿
2020年8月23日—9月8日，南沙滩4号院第二稿
2021年4月5日—5月7日，南沙滩4号院第三稿
2022年4月8日—16日，南沙滩再次梳理